Las Profundidades de la Plenitud de Su Amor

Lourdes J. Crespo Serrano

Diseño de Portada

Arte pintado en acrílico por la artista, autora de este libro, colaboradora Leslie Román. Prohibido la reproducción de esta portada, todos los derechos reservados.

Lourdes J Crespo Serrano

Todas las referencias Bíblicas han sido extraídas de la traducción de Versión Reina Valera 1960

Conociendo a la autora

Lourdes Crespo nacida en el pueblo de Arecibo, Puerto Rico. Conocida como la Isla del Cordero de Dios. Desde pequeña comenzó a tener sueños con la venida del Señor y con los juicios de Dios sobre la faz Tierra. Aun a temprana edad tenía un llamado para predicar a las almas. Asistía a la iglesia con frecuencia, y creció con gran temor de Dios. A los 25 años comenzó a desarrollar el don profético y a ministrar a otras vidas.

Comienza su pastorado en el año 2009, donde también comienza a evangelizar en las calles, plazas, parques de su pueblo en Arecibo, Puerto Rico. En el año 2015 comenzaron sus cruzadas evangelísticas a nivel internacional en la Ciudad de México, Estados Unidos, Su Isla de Puerto Rico, Santo Domingo, Paraguay; Ayudando a levantar un Ministerio en Luque Paraguay.

Por la gracia de Dios tiene una galería de arte llamada Amania Gallery. Cuenta con una gran variedad de artes en las que exalta a Dios. Es por inspiración del Espíritu Santo que vienen los nombre para sus artes. Es fundadora del Ministerio Ciudad Deseada y Fortificada Shekinah. En el 2019 comenzó con un canal de YouTube "Profeta Lourdes Crespo", Donde se predica la poderosa palabra de Dios y profecías dadas para este tiempo. El ministerio cuenta con una página de Facebook Lourdes Crespo.

Su pasión es predicar y ganar almas para el reino de Dios. Predicando un mensaje de amor, perdón, santidad, y salvación.

Nuestro ministerio contiene una galería de artes pintados en acrílico, de la cual Dios le dio el nombre de Amania, durante una mañana que despertó diciendo la palabra Amania, Amania y al buscar en el diccionario descubrió su significado en hebreo que es Artista de Dios, Fe en Dios y confianza en Dios.

Es madre de cuatro hermosas hijas, Hockichie, Glorymar, Nanushka y Daniela. Todas criadas en el evangelio y con llamados proféticos. Es abuela de diez nietos maravillosos.

Dedicatoria

Es mi mayor deseo y satisfacción darle gloria y honra a mi amado, Yahshúa, por permitirme la inspiración de este libro por medio de su Ruaj Hakodesh, quien fue mi guía y mi maestro para hacer posible este logro. A Él sea la gloria y la honra por los siglos de los siglos. Amén

Glorifico a mi Abba celestial por su grandeza y su eterno amor; a mi amado Yahshúa, por su amor en la cruz que me dio vida y salvación, y al Ruaj Hakodesh que está conmigo en todo tiempo.

Es mi mayor deseo que cada vida que lea este libro sea impactada por el amor divino y puedan ser transformadas, sanadas y puedan conocer…

Las Profundidades de la Plenitud de Su Amor

Las Profundidades de la Plenitud de su Amor

Contenido

Capítulo IV

Capítulo V

Capítulo VI

Capitulo VII

Prefacio

La inspiración de este libro vino a través del Ruaj Hakodesh, para enseñarme la importancia del amor. Desde el principio, en la Palabra de Dios podemos ver cómo toda la creación fue creada por amor.

Como Yahshúa dijo, toda la Ley y los profetas se resume en dos mandamientos: amar a Hashem sobre todas las cosas y a tu prójimo como a ti mismo.

A través de estos versos de amor y enseñanzas del Ruaj Hakodesh de Él Shaddai, podremos comprender lo fundamental que es amar y llegar a conocer las profundidades de su inmenso amor; a la vez que nos vamos perfeccionando en Él, por medio del conocimiento, de la revelación y la sabiduría, que por amor llega a nosotros para hacernos comprender la gran importancia que es amar, como ama Yahshúa Ha Mashíaj. Y poder llegar hasta la estatura de Él. Perfeccionando todo nuestro ser, espíritu, alma y cuerpo, para el día de la redención.

Texto Bíblico: Efesios 4:13

hasta que todos lleguemos a la unidad de la fe y del conocimiento del Hijo de Dios, a un varón perfecto, a la medida de la estatura de la plenitud de Cristo;

Introducción

A través de estas experiencias maravillosas con mi amado Hashem, he podido experimentar y sentir su amor ágape por medio de su amado Hijo Yahshúa y en comunicación directa con el Ruaj Hakodesh. Pude sentir como mi vida se perdía en el río de su amor donde perdí el control de mí misma y solo me dejé llevar por Su presencia. Fue un tiempo de quebranto, dolor, ver y escuchar cosas nuevas, nunca vistas por mi espíritu. Ya no era un trato emocional o físico en mi cuerpo. Fueron muchos días de transición, donde apenas comía algunas frutas para luego volver a entrar en otra experiencia sobrenatural. Fueron tiempos de amores con mi amado Elohim.

Por medio de mis experiencias, pude comprender que nuestro amado Hashem, quiere tener una relación más personal y profunda con la iglesia que es la amada, la desposada, la que él viene a buscar. Sin amor es imposible agradar a Dios. Él quiere llevarnos a las profundidades de su corazón y llenarnos de su amor eterno que solo trasciende y se manifiesta con Su amor. El amor es lo más grande y maravilloso que puede haber y existir en la humanidad. El Eterno quiere que aprendamos a amar como él ama; y él mismo vendrá a enseñarnos a amar para poder ser como él.

En estas páginas encontrarás romances con el amado, secretos de su amor, y pasión por conocer más de su Ruaj Hakodesh. No sueltes este regalo hasta llegar al final, pues todo tiene un propósito divino.

Entonces dijo Dios: Hagamos al hombre a nuestra imagen, conforme a nuestra semejanza; y señoree en los peces del mar, en las aves de los cielos, en las bestias, en toda la tierra, y en todo animal que se arrastra sobre la tierra. Génesis 1:26

Mis amados hermanos y lectores, aconteció que mientras iba haciendo el montaje de este libro que les presento: *"Las Profundidades de la plenitud de su Amor"*, el Espíritu Santo (Ruaj Hakodesh) me inquietó en utilizar algunas palabras en hebreo y nombres referentes a Hashem para así dirigirme a Él. Mientras este sentir venía a mí, le pregunté a Yahveh; ¿Cómo la gente iba a comprender el vocabulario en hebreo? A lo que me contestó que escribiera una página con los nombres en hebreo y su definición para beneficio de todos. Y así procedí en obediencia. Adonai.

Diccionario

Yahveh = YHWH .... Jehová (El Señor)

Abba .... Padre

Ruaj Hakodesh .... Espíritu Santo

Yahveh Mekaddesh .... El señor que santifica

Yahveh Nissi .... El señor es mi bandera

Yahveh Rafa .... El señor que sana

Hashem .... El Dios todo poderoso

Yahshúa .... Jesús

Yahshúa Ha Mashíaj .... Cristo (Jesús el Mesías)

La Torah .... Instrucción de Dios

Kabod .... Peso de gloria (honor y gloria)

Elohim .... Dios Creador, todopoderoso y fuerte

Kadosh .... Santificado

Adonai .... Señor mío "El Señor"

Shaddai ... Dios todopoderoso, Dios es más que suficiente

Eloah = Eloeh .... Poderoso, fuerte, prominente

Capítulo I

Profundizando en Su amor

Amar

¿Qué es amar? Para muchos, es un sentimiento envuelto de palabras y deseos carnales (naturales). Son vivencias pasajeras que no trascienden a lo sobrenatural del amor puro e infinito de Hashem. Pero, el verdadero amor es más que un sentimiento, va más allá de una simple palabra envuelta en emociones o en intereses egoístas para obtener algún beneficio o ganancia de algo o de alguien.

El que verdaderamente ama está dispuesto a pagar un precio por ese alguien a quien se ama. El amor es levantar al caído, es cubrir el desnudo, es dar de comer al hambriento, es ayudar al necesitado. Es dar e impartir de ti sin interés a obtener nada a cambio. Es dar por gracia, lo que por gracia has obtenido. El amor no es egoísta, todo lo cree, todo lo puede y todo lo espera. Aquel que ama es capaz de invertir su tiempo, de perdonar y vencer obstáculos. El amor no tiene límites, es infinito, no caduca, no tiene fecha de expiración. Muchos dicen amar, pero su amor es condicional, manipulador, controlador, lleno de celos y envidias. Ese no es el amor del que habla las Sagradas Escrituras de Dios.

El verdadero amor se niega a sí mismo, se despoja de su orgullo con tal de dar y bendecir al prójimo. El amor tiene que ir envuelto en algo más que una simple expresión de cinco letras "Te Amo". El Amor tiene que ir envuelto en su esencia; de eso que te hace ver que es real y auténtico. El amor verdadero es algo puro, Se manifiesta, se hace palpable; emana de lo más profundo del corazón. El verdadero amor es auténtico, es genuino, no hace nada indebido. El amor verdadero es perfecto, todo lo entrega, todo lo cree, no es altivo y tampoco es orgulloso.

El amor es ese beso que te llena, una caricia que te sana el alma, una mirada llena de luz que alumbra a aquel que está en tinieblas y hace resplandecer el interior de aquél a quien amas. El amor es un sentimiento profundo, que va acompañado de canciones y versos hermosos. Es el palpitar de un corazón lleno de fe, de paz y de esperanza. Es optimista, es caminar a lugares llenos de alegría. Es encontrar un jardín lleno de flores y colores únicos.

El amor es ese río apacible que te refresca en una atmósfera transparente y reluciente, que envuelve todo tu ser sin poderte contener.

Yahshúa es la fuente de amor que alumbra y disipa todas las tinieblas, trayendo luz a todo nuestro interior y nuestro entorno. El amor es creer y cuando amas todo lo crees, todo lo esperas. Cuando esperas en Él, se activa la fe; porque pacientemente estás esperando a Yahveh. El amor todo lo puede porque Hashem es amor; y cuando el amor de él está en ti, es cuando todo será posible. En el amor no hay espacio para la duda. El que duda es porque no cree, y el que no cree es debido a que el amor de Hashem no se ha perfeccionado en él.

El amor es lo que te da poder, el que no ama se debilita, carece de sabiduría, de inteligencia, de conocimiento, y de temor a Yahveh. El que no ama no podrá comprender los misterios del reino y de la Palabra de Hashem. Porque es un misterio revelado a sus hijos por medio del amor, a través de su Ruaj Hakodesh. Hay cosas que solo alcanzarás amando. Porque para el que ama todas las cosas le son posibles. A través del amor podrás impartir sanidad, pues el amor sana el alma, el cuerpo y la mente y renueva un espíritu recto dentro de ti.

El poder del Amor

El amor te hará llegar a lugares que sin él no podrías llegar. Te mostrará colores que jamás habías visto y mucho menos imaginado. Cuando amas tendrás las fuerzas para avanzar, pelear y triunfar. El amor es un arma que logra penetrar donde ninguna otra arma no puede llegar. Es el secreto de lo sobrenatural, de lo invisible, es capaz de derribar al enemigo más fuerte. El amor tiene luz propia, habla y revela lo oculto del corazón, cuando emana de una persona te puede cautivar. Él tiene lenguaje propio, voz y carácter. Puede ser manso como paloma, astuto como la serpiente y fuerte como la roca. El amor habla el idioma del cielo y es capaz de escuchar el sonido dulce y tierno del corazón de Hashem.

El amor habla, él te guía, te cubre, te va perfeccionando; a medida que te entregas y te rindes a

Yahveh. Él te va perfeccionando en su amor para que puedas alcanzar la estatura de Yahshúa Ha Mashíaj.

La Palabra de Hashem registra que, a causa de la maldad, el amor de muchos se enfriará. En realidad, el amor es una persona dentro de ti el cual es el Ruaj Hakadosh; y cuando dice Su Palabra que se enfriará, es que ya no tienen al Espíritu Santo en ellos. El que no tiene al Ruaj Hakodesh, en su interior es una persona que se va enfriando y se ha endurecido su corazón. Veamos como lo dice La Palabra de Dios:

"Y por haberse multiplicado la maldad, el amor de muchos se enfriará." S. Mateo 24:12

A causa de la maldad en cada persona, el amor de Hashem, deja de estar en ellos, se enfría, lo cual es sinónimo de que se apaga, se va, porque es el mismo Ruaj Hakodesh que se contrista a causa de la maldad y de las tinieblas en el ser humano.

"Y no contristéis al Espíritu Santo de Dios, con el cual fuisteis sellados para el día de la redención." Efesios 4:30

Dice La Palabra de Hashem:

1 Juan 4:7-13: "Amados, amémonos unos a otros; porque el amor es de Dios. Todo aquel que ama es nacido de Dios, y conoce a Dios. El que no ama, no ha conocido a Dios; porque Dios es Amor. En esto se mostró el amor de Dios para con nosotros, en que Dios envió a su Hijo unigénito al mundo, para que vivamos por él. En esto consiste el amor; no en que nosotros hayamos amado a Dios, sino en que él nos amó a nosotros, y envió a su Hijo en propiciación por nuestros pecados. Amados, si Dios nos ha amado así, debemos también nosotros amarnos unos a otros. Nadie ha visto, jamás a Dios. Si nos amamos unos a otros, Dios permanece en nosotros, y su amor se ha perfeccionado en nosotros. En esto conocemos que permanecemos en él, y él en nosotros, en que nos ha dado de su Espíritu."

Hashem nos amó primero, él es quien nos enseña amar. El hombre o su creación, no es capaz de amar por sí sola. Cuando aceptamos a Yahshúa como nuestro Salvador y recibimos al Espíritu Santo (Ruaj Hakodesh) en nuestras vidas, podemos entonces comenzar a amar de forma pura, santa y genuina.

Toda la ley de las Sagradas Escrituras se resume en dos mandamientos.

S. Mateo 22:36-40: Maestro, ¿cuál es el gran mandamiento en la ley? Jesús le dijo: Amarás al Señor tu Dios con todo tu corazón, y con toda tu alma, y con toda tu mente. Este es el primero y grande mandamiento. Y el segundo es semejante: Amarás a tu prójimo como a ti mismo. De estos dos mandamientos depende toda la ley y los profetas.

Aquí se habla de la importancia del amor y de lo que es en sí; La Palabra de Hashem. Todo se basa en el amor, en la esencia del amor que es Dios mismo. Pero el amor de muchos se ha enfriado. Ya el amor de Dios no habita en ellos. Si alguien dice que ama y maltrata a su hermano, el tal es mentiroso. Porque el que ama se va perfeccionando y siendo cada día mejor.

Conociendo su amor

El amor de Dios te cautiva, te hace temblar, te hace subir a la cima donde jamás pensaste llegar. Su amor es en las alturas, donde el enemigo no puede llegar, ni te puede alcanzar. Te hace sentir vértigo, tu cuerpo no lo puede soportar. Es ahí que vas muriendo a lo natural, para poder vivir en lo sobrenatural, a lo desconocido de tu alma, donde te quitan el piso que sostiene tus pies y tu mundo natural; ahora solo su Ruaj te sostiene, para llevarte a vivir en lo sobrenatural. Es ahí que comienza una nueva aventura de amor, placer y deleite con el amado de tu alma. Donde tu boca se llena de risa y ya tus pies no tocan el suelo. Él te envuelve en su amor Santo y te eleva en las alas de él Ruaj, es allí donde te embriagas de amor por él. Solo quieres postrarte y adorarle. Entre más te humillas, más él te eleva y te da a conocer. *"Porque cualquiera que se enaltece, será humillado; y el que se humilla, será enaltecido" S. Lucas 14:11.*

El habita en la humildad de los hijos que le aman en espíritu y en verdad. Cuán grande, hermoso y maravilloso es el amor Hashem. Todo él es codiciable. Sus ojos son llamas encendidas de reflejo de su pureza y santidad. Sus labios destilan miel, cada una de su palabra es dulce y perfecta que penetra todo tu ser, haciéndote reír, llorar, temblar de amor y pasión por Él. Sus manos son como seda, suaves y tiernas, que, al tocar tu piel con sus caricias, te derriten y caes postrado en su presencia. Todo él es hermoso y deseable. Adonaí es el más hermoso de todos los valientes.

Su amor y su belleza sobresale a todos. Nada ni nadie lo iguala. Él es perfecto en todos sus caminos. Todas las doncellas que lo ven se enamoran de su hermosura. Él es todo codiciable, Su caminar es elegante, perfecto en todas Sus manifestaciones.

Sus amores refrescan el alma. Al amanecer te invita adorarle, Su voz es irresistible, te hace despertar de tus más profundos sueños para salir al encuentro con tu amado, el que desea y anhela tu alma.

Su voz es melodía, poema a mi alma. Con sus versos de amor, me seduce y me eleva a su presencia. Yo vivo enamorada, ya no busco más amores; su amor me llena toda, me abastece con su gracia. Su amor es como río de agua viva, corriendo por todo mí ser, me refrescan y me alienta a seguir. Su amor es como llama de fuego purificándome en él, poco a poco me perfecciona y santifica todo mi ser. Así es el amor de mi amado Elohim.

Su amor sobre mí

Cuando comienzas a amar como él, no vas a discriminar, no verás los defectos, el amor solo ama y cubre multitudes de faltas. Porque aun siendo nosotros pecadores, Yahshúa vino a morir por nosotros. Su amor no tiene límites, ni fronteras. El amor todo lo cree y todo lo espera. El amor todo lo vence, nada ni nadie puede derribar la grandeza de Su amor.

El amor es frágil, es delicado pero fuerte a la vez. La suavidad de sus palabras acaricia mi alma. Su comprensión trae paz, su mirada es aliento a mi vida y me hace sentir viva, su mirada sobre mi fue amor. Él es deseable, solo te provoca amor y desear amar, hasta que se vuelve una llama de fuego y es ahí que comienza a purificarte. Su amor es una antorcha encendida, un volcán en erupción; muchos huyen del amor porque creen que van a morir, más no saben que es en ese momento que comienzan a vivir.

Él hace ministros de fuego, amor, poder e invencibles; nada puede destruir el amor. El amor es la sustancia de lo que es él. El que ama siempre tendrá un cántico nuevo y de su interior correrán ríos de agua viva.

Su amor nos mantiene vivos. Es medicina a nuestra alma, es ungüento sobre nuestra cabeza, amar es un deleite que pocos logran alcanzar. Muchos de sus hijos se afanan por todo lo material y pierden la esencia de lo más hermoso que es el amor.

"A más del olor de tus suaves ungüentos, Tu nombre es como ungüento derramado; Por eso las doncellas te aman." Cantares 1:3

El amor te cubre de toda intemperie, es abrigo cuando hay frío, es la sombrilla cuando hay lluvia, es la medicina para el dolor y ungüento al alma, es perfume a todo tu ser. El que no ama es como si estuviese muerto, porque su amor vino a dar vida y vida en abundancia. Como dice: *S. Juan 10:10b: "yo he venido para que tengan vida, y para que la tengan en abundancia".*

¡El Amor!

El amor es infinito, es eterno porque el amor es la esencia de lo que es Hashem manifestado en su Hijo Yahshúa Ha Mashíaj, quien nos envió a su Ruaj Hakodesh. El amor es la plenitud de lo que es Él.

El amor es el fundamento de todas las cosas. Yahveh quiere que todos seamos perfeccionados y podamos llegar a la plenitud de Su amor.

"El que cree en mí, como dice la Escritura, de su interior correrán ríos de agua viva." S. Juan 7:38

El amor es un río de pasión y de hermosos colores, lleno de matices incomparables. Es esa paz que te rodea y refresca tu alma. Es como un río que brota dentro de ti como manantial de aguas vivas. Su amor es como agua que sacia la sed de la humanidad. Es ese río que te invita a entrar y sumergirte en las profundidades de su amor; donde hallarás los tesoros más hermosos nunca vistos, escondidos en Él. *"Antes bien, como está escrito: Cosas que ojo no vio, ni oído oyó, Ni han subido en corazón de hombre, Son las que Dios ha preparado para los que le aman." 1 Corintios 2:9*

Capítulo II
El Enemigo del Amor

Satanás es el enemigo del amor. El tratará de apagar el amor con dardos de fuego. Esos dardos de fuego son: dolor, confusión, tristeza, depresión, soledad, culpa, falta de perdón, falta de amor y todo tipo de pecado. El que no ama, anda en tinieblas, el enemigo los turba, los enloquece, los ciega y los lleva al cautiverio. *"en los cuales el dios de este siglo cegó el entendimiento de los incrédulos, para que no les resplandezca la luz del evangelio de la gloria de Cristo, el cual es la imagen de Dios". 2 Corintios 4:4*

Cuando una persona que anda en la luz de Yahshúa Ha Mashíaj y lleno de su amor, se aparta de Él, y decide vivir una vida de pecado y de maldad, el amor se enfriará y la condición de esa vida viene a ser siete veces peor que la de antes. Esa vida se llena de odio, rencor y amargura; su vida queda vacía, seca y en profundas tinieblas. Y es ahí que los demonios vienen a ser morada en él, para destruirle y esclavizarlo. *"Cuando el espíritu inmundo sale del hombre, anda por lugares secos, buscando reposo, y no lo haya. Entonces dice: Volveré a mi casa de donde salí; y cuando llega, la halla desocupada, barrida y adornada. Entonces va, y toma consigo otros siete espíritus peores que él, y entrados, moran allí; y el postrer estado de aquel hombre viene a ser peor que el primero. Así también acontecerá a esta mala generación."* S. *Mateo 12:43-45*

Cuando alguien deja de amar, comienza a perder el enfoque de su propósito. Pierde el deseo por la vida. Porque el amor es pan de vida. Es lo que te sustenta. Su Palabra es alimento al alma y te muestra el camino al Abba. Yahshúa es la razón de vivir, y nuestro máximo deseo a la vida eterna. *"Y si repartiese para dar de comer a los pobres, y si entregase mi cuerpo para ser quemado, y no tengo amor, de nada me sirve."* 1 Corintios 13:3

Satanás tratará de dañar el plan de Yahveh para tu vida. Si Lucifer logra llenarte de odio, habrá logrado su objetivo porque el odio es lo contrario al amor. Sin amor te debilitas, te enfermas y te contaminas, dándole derecho legal al enemigo sobre tu vida. *"El ladrón vino para hurtar, matar y destruir; yo he venido para que tengan vida, y para que la tengan en abundancia".* S. *Juan 10:10*

El amor carnal o natural

El amor carnal es aquel que tiene sus propios intereses, es un amor natural de deseos y de egoísmo, carece de muchos valores. El amor carnal se esconde tras el sexo, los deseos y las pasiones del momento, luego se va y te deja inmundo, vacío hueco, seco, lleno de dolor y tristeza. Es esa pasión que te utiliza y te llena por un momento, luego vuelves a quedar en un estado peor al anterior. Este llamado amor, no proviene de Hashem.

El amor de Hashem

El amor de Hashem es el amor verdadero, infinito, soberano, pleno, perfecto, sin límites, que ama sin excusa. Es el amor limpio y puro, es honesto, leal, fiel y verdadero que no hace nada indebido. Todo lo busca, todo lo entrega, ama sin límites. El no ofende, no grita, el no obliga, él te convence, él te seduce con su mirada y te invita a seguir sus pasos en la plenitud de su Santidad. El amor de Elohim es paciente es tardo para la ira y tardo en misericordia. Él te escoge, te prepara, te capacita, te llena de su hermosa presencia.

Su amor es fuego purificador, es el agua que te limpia. Elohim te llena de su ternura, te acaricia con su bondad, te envuelve en un mato de favores. Su amor es infinito, es perdonador. Su amor te levanta del suelo y afirma tus pies sobre la peña inconmovible que es en Yashua Hamashia. Su amor te llena de esperanza, su mirada penetra hasta lo más incognito de tu ser. Sus caricias van dando forma a todo tu interior y te van perfeccionando hasta llegar a tu exterior.

Su amor es incomparable no hay nada en la tierra ni en el cielo, ni debajo de la Tierra que iguale su grandeza y su plenitud. El amor del Abba es pleno, perfecto, es eterno, es puro y santo. Su amor no caduca. Él es agua que limpia y fuego que purifica. Cuan grande, maravilloso y sublime es el amor de Hashem.

Mi abogado pagó un precio de amor

Yahshúa es nuestro abogado que por amor nos defiende y nos libra del pecado por medio de su sangre carmesí, derramada en la cruz del calvario. Su amor nos perdona y nos justifica por su gracia divina. Él pagó el precio de nuestra condena, nos cubre, nos esconde en él por medio de su sangre y perdón. Él sabe que somos culpables, pero su amor no puede permitir que muramos por siempre, por eso tomó nuestro lugar; pagando el precio de la condena y nos cubre con su amor eterno.

La última palabra no la tiene el abogado la tiene el juez, pero Elohim es fiel y verdadero que te defiende con la verdad, él le dice al juez: Hashem "Es verdad que cometió un delito, es verdad que es un pecador, es reo de muerte, pero le dice al juez: Yo pongo mi palabra, mi palabra de honor, mi palabra fiel, en garantía por su sentencia. Yo lo cubro con mi amor y estoy dispuesto a ocupar su lugar, tiene sentencia de muerte, más alguien tiene que pagar y yo tomo su lugar y pago con mi vida".

"Nadie tiene mayor amor que este, que uno ponga su vida por sus amigos". S. Juan 15:13

Hijitos míos, estas cosas os escribo para que no pequéis; y si alguno hubiere pecado, abogado tenemos para con el Padre, a Jesucristo el justo. 1 Juan 2:1 "anulando el acta de los decretos que había contra nosotros, que nos era contraria, quitándola de en medio y clavándola en la cruz, y despojando a los principados y a las potestades, los exhibió públicamente triunfando sobre ellos en la cruz". Colosenses 2:14-15

Así de profundo es su amor, capaz de despojarse a sí mismo, para tomar forma de siervo y venir a morir por la humanidad. Su amor es humilde, es de entrega, de sacrificio, de bondad, es perdonador y sanador. Él nos defiende ante el trono blanco de justicia.

"sino que se despojó a sí mismo, tomando forma de siervo, hecho semejante a los hombres, y estando en la condición de hombre, se humilló a sí mismo, haciéndose obediente hasta la muerte, y muerte de cruz. Por lo cual Dios también le exaltó hasta lo sumo, y le dio un nombre que es sobre todo nombre." Filipenses 2:7-9

"Así que hermanos, teniendo libertad para entrar en el Lugar Santísimo por la sangre de Jesucristo," Hebreos 10:19

Ministros de Fuego

El hace a sus hijos ministros de fuego, encendido en las llamas de su amor, de su pasión, de poder. Es una llama encendida, para dar calor al que tiene frío, para dar vida al que se está muriendo. Son ministros que encienden un bosque, una ciudad, una vida. *"Ciertamente de los ángeles dice: El que hace a sus ángeles espíritus, Y a sus ministros llama de fuego." Hebreos 1:7*

El Señor me dijo que él recordaba mi oración, las veces que yo iba a su presencia y con amor e insistencia le decía: "Déjame escuchar los latidos de tu corazón". De pronto él comienza haciéndome sentir su amor, su pasión, y aún el dolor que se siente al amar. Mi cuerpo ha sentido el dolor físicamente de lo que provoca el amar. Cada latido de su corazón es amor. Ese amor que te llena el alma, que te provoca un poema y un cántico nuevo en tu ser. Es ese amor que te lleva al libro de los Cantares, te envuelve en una nueva melodía, en un dulce beso de pasión y de abrazos fuertes. Una mirada que se pierde en el océano de su profundo amor. Te invita atravesar el Kairós, entrando en lo sobrenatural de lo infinito de su magnificencia.

Capítulo III
Testimonio

En este capítulo voy a narrarles mi experiencia personal con el Ruaj Hakodesh, de una manera breve y simple. Para que puedan comprender como Hashem me permitió llevar a cabo este libro entre experiencias vividas y el fluir del Ruaj Hakodesh hablando a mi ser las profundidades de su amor. Durante esta experiencia viva y personal, la única testigo ocular fue mi amiga y hermana en Yahshúa Ha Mashíaj, Leslie Román la cual iba escribiendo lo que El Ruaj me mostraba, mientras yo estaba en un éxtasis, teniendo visiones con mi amado Elohim.

Una experiencia inolvidable

Recuerdo la madrugada de aquel domingo de julio del 2017, en la que me levanté a orar como siempre acostumbraba. En ese momento de oración y adoración comencé como tantas otras veces a decirle a Hashem: "Muéstrame tu gloria". Entre gemidos y lágrimas, le suplicaba, quiero ver tu gloria, dame una experiencia sobrenatural contigo por favor, así le oraba con insistencia y con mucho sentimiento.

Lourdes: "Yo no quiero vivir si no te veo, la vida sin ti no tiene sentido". Mientras esto le decía al amado mío, aconteció que escuché su voz decirme:

Yashua: "Lourdes, lo que pides es muy difícil".

Claro era difícil, pero no para él, sino que yo no sabía lo que estaba pidiendo. El comenzó a explicarme; me dice:

Yashua: "para verme tendrás que morir".

Yo le contesto: "Si Elohim, pero yo quiero verte y regresar; tú puedes hacerlo y cuidarás de mí".

Yashua: responde: "Eso conlleva dejar de respirar, lo que te producirá un paro respiratorio". Y me pregunta: ¿Aún estás dispuesta a morir por mí?

Yo le contesto: Sí Elohim, si para verte tengo que morir, yo quiero morir para ti". Mientras meditaba en estas palabras, recordaba el fallecimiento de mi amada madre, la cual fue paciente de cáncer y en sus últimos días, entró en un paro respiratorio. Entonces le dije: "Elohim si mi madre murió a causa de un paro respiratorio por una enfermedad, que yo entre en un paro respiratorio por ver tu gloria, es una mejor causa." Acabando de decir esto, Ruaj Hakodesh me dice acuéstate, y así lo hice, no pasando mucho tiempo mi cuerpo comenzó a convulsar, a temblar, a tener movimientos involuntarios, di un suspiro muy fuerte y luego mi respiración comenzó a disminuir. Caí en una parálisis de mi cuerpo. No podía moverme y no podía hablar fuerte, solo un leve suspiro.

Mi voz era apenas un susurro lento. Sí podía escuchar con claridad, pero solo eso. Mi cuerpo comenzó a enfriarse y sentía punzadas en los pies como agujas. En verdad sentía que me moría, pero a la vez experimentaba una paz hermosa. Las lágrimas salían solas y bajaban por mis mejillas. Allí estaba tendida en mi cama, esperando a ver que el cielo se abriera delante de mí y ver mi alma salir de mi cuerpo; pero eso nunca aconteció.

De repente escuché al Ruaj Hakodesh decirme: "Te estaba probando, para ver si eras capaz de morir por mí, pero te voy a preparar". Así poco a poco me fui incorporando, y su Ruaj sopló sobre mí nuevas fuerzas, y me fue renovando.

Comenzaron las visiones

Yahshúa me iba mostrando maravillas del reino por medio de visiones y del sonido de Su voz. El sonido del amor de Dios cae como una cascada desde los cielos y se desborda sobre toda mi piel, llenando mi vida de una nueva canción, plasmando en mi cuerpo melodías y notas musicales en todo mi ser.

Esa luz que emana de su interior, y se refleja en nuestro rostro, el carácter de su creación, en donde mi cuerpo con su Espíritu se hace uno, trayendo una nueva canción. Ese cántico que surge desde el interior y que fluye como ríos de agua viva, plasmando en mi rostro una nueva sonrisa, donde mis ojos reflejan la luz de su amor. Su Ruaj es esa voz que nos llama y nos dice: "Ábreme la puerta amada mía, esposa mía, princesa mía, pues hoy he venido a tener amores contigo, oh doncella mía, la más hermosa de todas las realezas". Mi mirada y la de él se hicieron una y en su melodía se perdió mi amor, en una alabanza de adoración. Tan grande y hermoso es el amor de mi amado. No puedo hacerle esperar; "ha llegado la primavera y los campos han florecido. Me invita a su jardín a recoger las más hermosas de sus flores. Entre corderos de su manada, así danza por él, oh el alma mía".

Mi alma se goza tras de Él; el llanto explota desde mi interior como un mar de aguas con bramidos, que causa una fuerte tempestad. Mi espíritu se regocija con Hashem de mi creación. Es tanto mi amor por Él, que me seduce con su fuego Santo quemando mi interior, despertando en mí un ministro de fuego, que solo quiere serle fiel. Mis pies están como dos carbones encendidos que pisan donde Él pisó, en cada huella que dejó mi amado Yashua. Todo era un romance, entre poesía y melodías de amor. Cada frase y palabra envolvía su naturaleza, su gracia y su dulce amor.

Mi alma lo anhela, tanto tiempo lo esperé. Deseando sus besos cada mañana anhelando más de Él. Le pedía ver su gloria, quería conocerle más...su espera se hacía larga, lloraba por más de él. Clamaba por un encuentro diferente, algo que me hiciera viajar y subir hasta el cielo para ver su gloria y plasmar su rostro en un lienzo blanco de únicos colores. Lo llamé de día y de noche; su rostro quería ver, parecía escondido en su silencio que se hacía intenso. Él quería ver qué tanto yo lo anhelaba. Sentía que me perdía y me caía en un abismo al sentir cuán sola estaba, mi alma se agitaba... clamaba por algo más grande de Él, que mi alma deseaba experimentar.

Su visita vino cuando menos lo esperaba, sorprendió mi alma en una noche que por Él llorando yo clamaba. Llegó en un de repente y todo mi ser ante su

Kabod se estremecía. Era la gloria de su amor que a mi vida llegaba. Tanto gozo sobre mí, mi cuerpo quedó tendido sobre mi lecho, sin poderme mover; solo sentía la fuerza de su presencia, la pasión de su amor y su crucifixión sobre mí. Me invitó a morir de amor por Él y allí mi alma y cuerpo le entregué. Fue cuando sentí que moría, mi cuerpo comenzó a temblar, sentí que entraba en un paro respiratorio y mi cuerpo sobre mi lecho tendido quedaba, sin fuerzas, y poder sentir como el latido de mi corazón disminuía. Fue allí donde me mostró su amor. Mi cuerpo físico no podía soportar la grandeza de su inmenso amor.

Me invitó a sentir un poco de lo que es sufrir y morir por amor, de su crucifixión. Fue cuando sentí la lanza atravesar mi costado, mi alma dio un gran suspiro y jadiaba de un profundo dolor, lágrimas bajaban por mis mejillas. Mis brazos se extendieron como si alguien con fuerza los extendiera sobre aquella cruz, sentí sus clavos en mis manos y en mis pies, el dolor de morir por Él. También experimenté el dolor de la corona de espinas sobre mi cabeza y que era para proteger nuestros pensamientos con la sangre de Yashua, el cual emanó de su cabeza. La sangre en su costado es símbolo de su amor, los clavos en las manos para levantar al caído y para abrazar con su amor. Las heridas en sus pies simbolizan esa sangre para evangelizar y ganar almas para su reino caminando en santidad. Las heridas en su espalda para sanidad de las enfermedades y liberación; todo fue con un propósito divino y eterno que está lleno de su gran e inmenso amor.

Esto que les cuento es una experiencia sobrenatural muy personal y espiritual que Hashem me permitió tener. Mi amado Elohim me quiso revelar un poco del sacrificio y el dolor que Él padeció; como dijo el apóstol Pablo: *"Con Cristo estoy juntamente crucificado, y ya no vivo yo, más vive Cristo en mí; y lo que ahora vivo en la carne, lo vivo en la fe del Hijo de Dios, el cual me amó y se entregó así mismo por mí." Gálatas 2:20*

"De aquí en adelante nadie me cause molestias; porque yo traigo en mi cuerpo las marcas del Señor Jesús." Gálatas 6:17

"Entonces Jesús dijo a sus discípulos: Si alguno quiere venir en pos de mí, niéguese a sí mismo, y tome su cruz, y sígame." S. Mateo 16:24

La Palabra de Dios nos enseña en el pasaje de Isaías 55:9, que, así como son más altos los cielos de la tierra, así es Su amor por la humanidad, difícil de comprender y de alcanzar. Solo te puedes perder dentro de él. Jamás podrás alcanzar su amor y tampoco igualarlo. Él es quien te alcanzará a ti y te envolverá dentro de él, como a su mayor y más valioso tesoro; el cual tiene un precio inigualable, pues el precio mayor que se ha pagado por la humanidad es el poder de la sangre de Yashua, que ahora brota de nuestros corazones, de los hijos que le aman y le obedecen.

Ahora tienes nombre y sangre de realeza, y de sacerdocio. Te puso un nombre nuevo. Él puso un cántico nuevo en tu boca. Te llenó de gozo y de paz, te viste de blanco y de santidad, como a la más hermosa de las doncellas, que las cubre con amor y las exhibe con su justicia, derramando de su gracia y favor.

Él te lleva de su mano y te exhibe a las naciones, coronándote con su gloria, que es la corona de su amor, símbolo de que eres su amada, su novia; la novia del Cordero de Dios; risas de alegría salen de todo tu ser; porque andas con tu amado. Ya el tiempo en el reloj pierden sentido, el tiempo se detiene, ya nada es aprisa; entras en el Kairós de lo infinito y solo disfrutas estar en su presencia. Te embriaga con su amor, solo te hace reír, y le declaras tu amor. Cada detalle de Él te provoca un poema, y te invita a escribir una nueva canción de amor. Tus ojos radian luz al mirarlo fijo a sus ojos, su mirada penetra la tuya como espada que atraviesa tu alma. Su aliento está tan cerca de mi boca, que ya puedo acariciar su rostro.

Todo Él es hermoso... No puedo parar de susurrarle y decirle: "Eres hermoso amado mío, hermoso es tu mirar. Todo tú eres codiciable. ¿Cómo puedo vivir sin tu amor? Tu amor me ha dado vida, le dio sentido a mí existir. Encendiste la llama que estaba apagada dentro de mí. Hoy soy un ministro de fuego que se muere de pasión por ti. Despierto y ya deseo verte. Correr a tus brazos y no dejarte ir. Eres tú quien cuidas mis sueños y también el que me desvela para hacer vigilias de amores y besos con el que anhela mi alma. Tus secretos me provocan amarte más. Eres mi mayor tesoro y no te quiero soltar. Quiero vivir mi vida postrada a tus pies, adorándote y exaltándote oh amado mío".

Inexplicable

Su amor es inexplicable. Es como fuego que te quema, como llama que te hace arder y te lleva al punto más alto de su calor en su máximo nivel. Es sumergirte en su río y ser arrastrado por corrientes de agua viva y cristalina que estallan en el mar, en un mar de fuertes olas que te llevan y te sumergen al océano de lo desconocido para ti.

Es como ola que golpea la roca y le da una nueva forma. Su amor es como lluvia de gotas cristalinas que le dan melodía a tu vida y hacen cantar tu corazón. Es esa brisa, que hace sonar las cuerdas de amor de cada instrumento que llevas dentro de tu ser. Suena el arpa que te libera, llevándose todo temor, todo miedo, toda pesadilla e inseguridad.

Es el viento fuerte que toca tu guitarra trayendo el deseo de una nueva adoración. Es como las gotas de la lluvia, que brincan y saltan tocando cada tecla de tu piano en blanco y negro, provocando un tono nuevo y creando nuevas melodías entre risas y lágrimas susurrándote lo mucho que te ama.

Su amor forma letras musicales en tu alma que te hacen entender mil lenguas de idiomas, pues en su amor todas se hacen una, no hay racismo, ni temores. Su amor es como el canto de las aves que te despierta en cada madrugada, y te recuerda que son nuevas sus misericordias cada mañana. Es como el azul del cielo lleno de fe y esperanza que eleva tu mirada a lo alto y ves caer el amanecer en cálidos colores.

Su amor es incomparable. ¿Quién lo puede comprender o resistir? Él te eleva a las alturas de su gloria en su presencia. Él te esconde en el hueco de su corazón. Por su amor te lleva a mesa de alfarero y hace de ti una vasija de honra. Te llena de gozo, de paz y de alegría, te hace temblar y te calienta el alma.

Él es el Alfa y Omega, el principio y el fin, y cuando crees haberlo conocido, vuelve un nuevo gozo de algo que jamás habías visto. *"Antes bien, como está escrito: Cosas que ojo no vio, ni oído oyó, Ni han subido en corazón de hombre, Son las que Dios ha preparado para los que le aman." 1 Corintios 2:9* A él le gusta sorprender a sus hijos y darle de sus riquezas en gloria.

Cuando crees comprender sus secretos y Su Palabra; es ahí que aparece su amor Ágape, como torrentes de manantial de nuevas aguas de colores que llenan todo tu interior y estallas en una risa que emana de lo profundo de tu alma sin poderlo contener.

Visión: De los Ríos

Esta visión ocurrió mientras me encontraba en un proceso de revelación sobrenatural acostada en mi habitación. Fue hermoso ver como Elohim me permitió ver estas maravillas del reino, ver unas cascadas caer en un río. El me mostró que en su reino hay un río de gozo en el cual me sumergió y me hizo reír sin poder evitarlo.

Me dijo: "En mi reino existen muchos ríos, donde quiero llevar a mis hijos, pero pocos logran entrar. Hay un río de gozo, otro de fe y paz. Hay un río de cada una de las características del carácter del fruto del Espíritu".

El río de la Fe

El Ruaj decía: El río de fe es donde muchos entran y solo se mojan los pies. Ese río es bien profundo y pocos se sumergen en él. Es el río donde lo imposible naturalmente se activa y toma vida, todo comienza a acontecer, a manifestarse, aquello que parecía imposible e inalcanzable. Allí se manifiesta el don de fe, donde no hay espacio para la duda. Donde todo es posible, si puedes creer. Es donde surgen sanidades, prodigios, maravillas y milagros creativos, se desatan finanzas; toma vida el corazón y se renueva tu mente. *"Jesús le dijo: Si puedes creer, al que cree todo le es posible." S. Marcos 9:23*

El río de la Esperanza

Es el río de la esperanza donde nada te avergüenza, donde no existe la timidez, donde te conectas al río de la fe y el río de la paz. Es allí donde aprendes a esperar en Él. Donde nadie te mueve, donde la calma te cubre y te llevan al río de la paz. Allí aprendes a esperar y a confiar en Él.

Su amor es el río que corre por todo tu desierto, cubriendo cada rincón de tu ser y tu alma. Quitando toda tú sequía, saciando tu ser con su río Su Ruaj, y corrientes de agua viva. *"El que cree en mí, como dice la Escritura, de su interior correrán ríos de agua viva." S. Juan 7:38*

El río de la Paz

Es ese río lleno de su presencia y de la paz que sobrepasa todo entendimiento, como en Su Palabra: *"La paz os dejo, mi paz os doy; yo no os la doy como el mundo la da. No se turbe vuestro corazón, ni tenga miedo." S. Juan 14:27*

La paz de Su Espíritu es donde no te mueven las circunstancias. Donde descansas en Él; en un río de sábanas blancas de santidad. Solo hay aguas frescas y cristalinas para el sediento y pan de vida para el hambriento. Es allí donde se va todo peso de pecado y todo yugo es quitado. Donde respiras aliento puro llenándote de esa paz que te hace descansar junto a corrientes de agua viva y tu fruto nunca cae.

"Porque será como el árbol plantado junto a las aguas, que junto a la corriente echará sus raíces, y no verá cuando viene el calor, sino que su hoja estará verde; y en el año de sequía no se fatigará, ni dejará de dar fruto." Jeremías 17:8

El Ruaj Hakodesh me sigue enseñando

El Ruaj Hakodesh me decía: "Solo el que es capaz de dar su vida por amor a mí es capaz de vivir para mí. Y tendrán el honor de conocer al Padre y nuevas dimensiones de mi amor, las profundidades del río de mi amor". *"Porque todo el que quiera salvar su vida, la perderá; y todo el que pierda su vida por causa de mí, la hallará." S. Mateo 16:25*

Ministración de profecía a una Amiga

Quiero compartirles una palabra de ciencia que Dios me dio para mi amiga y que ella me ha autorizado a compartir con ustedes. Ella es la sierva que Dios puso a mi lado durante estos procesos y la única testigo ocular de estas experiencias sobrenaturales. Se las comparto porque tiene que ver con el amor.

Palabra profética: El amor solo quiere sanar, no todos responden al amor y muy pocos saben amar.

Leslie Román: "Tú eres un ministro, una fuente de amor. Cuando eres una fuente de amor, en tus ojos se verá el reflejo de su amor. Tus palabras saldrán con amor, del toque de tus manos sale amor, vas a escuchar, perdonar y restauras por amor. Ese es el primer mandamiento y que muchos se han olvidado. Hay dos formas de morir: mueres por el pecado o mueres por amor. Tu ministerio es de humillación a los pies de Jesús, solo el que está a sus pies podrá ver su rostro".

Nadie puede vencer las tinieblas, ni hacer que Satanás huya si no tiene amor. La Iglesia ha tenido muchas bajas porque oran, ayunan, leen la Palabra, atan, desatan, reprenden, declaran, decretan; pero no aman.

Soy testigo

Aquí mi hermana en Yahshúa Ha Mashíaj, Leslie estará narrando desde su perspectiva su experiencia vivida durante mi proceso.

La primera vez que esto comenzó a suceder, recuerdo lo impresionante que fue ver como Hashem, le habla a la pastora Lourdes y cómo la iba dirigiendo en cada proceso y acontecimiento. Me maravillaba como Él le daba las instrucciones y tenía cuidado de ella. La iba guiando para que se acostara y allí algo nuevo e impresionante comenzaba a suceder.

El temor se apoderó de mí al ver su cuerpo convulsar y de cómo éste se volvía frío desde sus pies, observaba que el color de su piel iba cambiando hacia un color morado. Su cuerpo estaba pesado, ya no se podía mover, no podía casi hablar, su voz era muy frágil y débil, sin embargo, me podía escuchar y contestar muy suavemente, apenas un susurro salía de su voz. Antes de comenzar cada proceso, siempre comenzaba hablando en diferentes lenguas y luego la traducción comenzaba a surgir, seguido esto, entraba en un trance más difícil y fuerte. Pude notar como el Señor cambiaba su ritmo cardíaco. El Señor le había dicho que, para ver su gloria, entraría en un paro respiratorio y ella aceptó. De pronto comenzó a suceder todo esto.

Por un momento me llené de temor, me desesperé y comencé a llorar, jamás pensé que algo así podía acontecer y en ese momento, el mismo Ruaj Hakodesh tomó el control y me llenó de paz. Fue entonces cuando le dije a la pastora Lourdes, que le preguntara al Señor que cuánto tiempo duraría el proceso; Y ahí mismo el Señor contestó: "tres horas durará el proceso". Fue ahí cuando su cuerpo comenzó a ponerse frío y a temblar muy fuertemente. Pude ver como se quedaba sin respiración, le faltaba el aire, comenzó a convulsar, luego su cuerpo se fue calmando, sus labios se pusieron blancos, su boca se secaba, apenas podía hablar. Solo susurraba lo que el Señor le decía y le mostraba. Temí por su vida, en verdad sentí y vi que moría.

Jamás pensé que Yahshúa podría dar una experiencia así. Ver que cuando despertaba de su proceso, su cuerpo estaba quebrantado, no podía caminar, casi no podía comer, apenas comía frutas, cada proceso duraba de tres a cinco horas, terminaba uno y comenzaba otro, era proceso tras proceso, viendo como Yahshúa se manifestaba en su vida y tocaba su cuerpo de una manera sobrenatural. Cada proceso comenzaba similar en cuanto a lo que su cuerpo manifestaba. Sin embargo, cada experiencia era única, tanto para ella como para mí. Era impresionante ver la manifestación del Ruaj Hakodesh.

Vivir esta experiencia me hizo ver cuán real es mi Yahshúa Ha Mashíaj y desear todas estas experiencias para mi vida. Querer vivir amándolo a Él, deseándolo más. Cada momento, cada instante, cada día, cada hora, cada minuto y cada segunda era grandioso. Todo ese tiempo estuvo lleno de Su presencia, de su cuidado, de su misericordia, de su grandeza, de su gloria que no es otra que la plenitud su amor. Fue tanto mi anhelo, que Yahshúa me permitió tener experiencias hermosas con Él durante ese mismo tiempo. En varias ocasiones después de que pastora Lourdes salía de una experiencia, comenzaba yo con mi proceso. A Dios sea la gloria.

Capítulo IV
Cita de Amor con mi Amado

Su amor me citó a la playa, y allí me encontré con el amado de mi alma. Él quería mostrarme su amor y en una sábana sobre la arena, me acosté junto a Él. Allí comenzó a soplar la brisa suavemente acariciando mi rostro; sentía que me dormía, no podía resistir tanto amor sobre mí. Mi vientre saltaba de amor, una corriente fuerte y suave a la vez corrían por todo mí ser. Entre poemas y canticos, mis lágrimas brotaban; era la voz de mi amado que me habla, Y me decía: "No temas amada mía, hermosa mía, paloma mía; Vine a visitarte, acariciarte, a contemplarte y he venido a mostrarte mi rostro. Esto es lo que yo soy, esto es la esencia de mi creación, es mi amor amada mía, Yo habito en el amor y todo lo hago por amor''.

Allí tendida sobre mis sábanas blancas, veía avanzar el tiempo en el reloj crono; sin embargo, para mí ya no existía el tiempo. Sentí que me perdía dentro de Él, cuando mi cuerpo con él se hizo uno solo. Envuelta en sus abrazos, sintiendo el perfume de su presencia, me olvidé de donde estaba y me perdí en su mirada. Tanto amor era inconcebible para mí, de mis ojos fluían lágrimas, que con sus caricias en la brisa el secaba. Él no paraba de reír, su sonrisa hermoseaba su rostro y sus ojos brillaban, no paraba de contemplarme; solo me llamaba "hermosa mía, amada mía."

Entre más lo miraba más me seducía, su amor me hacía temblar, salía un suspiro de mi alma. Era ese soplo de vida, que le daba esperanza a todo mi ser. Su amor me hacía sentir viva, segura y amada. Ya no temía a nada, ni a nadie, sabía que él me protegería. *"Me sedujiste, oh, Jehová, y fui seducido; más fuerte fuiste que yo, y me venciste;" Jeremías 20:7*

Yo solo lo miraba y lo contemplaba, con mi mirada le decía; No te vayas amado mío, no me dejes, no quiero volver a sentirme sola; desde que tú llegaste soy otra. Ya mi vida no es igual, siento que tu amor me sana, siento que vuelvo a reír, veo los colores de la vida, siento tu amor en la brisa, te veo en toda tu creación.

El tiernamente me abrazaba, sus manos acariciaban mi cabeza y con sus dedos acariciaba suavemente mi rostro, era como si plasmara mi alma en un lienzo, dándoles tonadas y matices de colores. Su hermosa sonrisa se unía a mis carcajadas, pues como volcán en erupción el gozo estallo desde mi vientre; allí comencé a reír muy fuerte. Veía su mirada firme en mí, era suave, y dulce. *"Su izquierda esté debajo de mi cabeza, Y su derecha me abrace." Cantares 2:6*

No podía comprender tanto amor. El me escogió para enseñarme amar; y que de alguna manera le llevara el mensaje de Amor a la humanidad, que nos invita a entrar a las profundidades de la plenitud de su amor.

Cada brisa era diferente

En aquella madrugada sentada en mis sábanas blancas, contemplando las maravillas de su creación, cuando de repente la brisa soplaba y acariciaba mi rostro y mi alma. Una brisa era suave y dulce como el cantar de las aves, detrás de esa venía otra brisa acompañada de frío, el frío que me envolvía haciéndome temblar en su presencia, seguido se aproximaba una brisa más fuerte que estremecía todo mi ser; y mis cabellos se movía al compás del viento formando una nueva melodía. Pero todas ellas eran muestras de su gran amor en diferentes manifestaciones.

Sentía que perdía las fuerzas, mis rodillas se aflojaban, mi cuerpo se desvanecía, y allí me cautivó su gran amor; no podía resistirlo, sentía que mi aliento se me iba, mi corazón se debilitaba y mi ritmo cardíaco era cada vez más lento. Solo podía sentir su amor, y sus poesías fluyendo por todo mí ser. Era imposible resistirme a tanto amor. Así que allí quedé tendida e indefensa. Las lágrimas brotaban de mis ojos, no podía evitarlo, su amor me hacía llorar, reír, temblar... No podía comprender todo lo que estaba aconteciendo. Solo sé que era una cita de amor, con el amado de mi alma.

Una cita de Amor

Sintiendo el amor de mi amado, ese amor que pocos logran comprender; lo ven como algo débil, no saben que el amor sale con una lágrima, con un suspiro, una canción, un beso; a veces te debilita y hasta sientes que no puedes respirar, más todo esto es manifestación del mismo amor en diferentes facetas.

Aquí me encuentro en la playa, en una cita de amor con el que ama mi alma, sentada sobre la arena para sentir su amor y escuchar su dulce voz. Su amor me derrite, me seduce me invita amarle entre un mar de sabana blancas, acostada para acariciarme con la brisa, para que escuches las olas del mar, el canto de las aves. Así de grande es su amor y pocos lo aprecian, lo toman en poco, para ellos es algo (cursi) ridículo o insignificante, creen que es para débil. Pero su amor tiene sus áreas sensibles de sentimiento de ternura y de pasión.

Es como cuando estás vulnerable para recibir, cualquier cosa te puede herir, te puede doler, porque el amor es sufrido, es benigno, todo lo cree, todo lo espera, todo lo soporta. Así que el amor puede parecer débil porque se hiere fácilmente, sin embargo, es fuerte porque soporta el dolor de aquel que lo hiere, y aunque lo lastiman y parece que va a morir, él es autocurativo. El mismo se renueva, porque él es eterno, el no muere, no tiene fin, por eso no conoce barreras ni límites.

El amor es como el rocío de la mañana y como la lluvia que te refresca, pero puede ser también como fuego que te quema y te hace arder. Por eso Su Palabra dice: Que él es fuego que purifica, que santifica y te perfecciona. Como dice Su Palabra: *"Porque esta leve tribulación momentánea produce en nosotros un cada vez más excelente y eterno, peso de gloria; 2 Corintios 4:17*

En este verso, la palabra peso de gloria en el hebreo es la palabra Kabod. ¿Qué es peso de Kabod? Ese peso de Kabod no es otra cosa que las profundidades de su amor, él te perfecciona por medio del dolor, del quebranto y del sufrimiento. Aún el amor de Yahshúa fue perfeccionado en la cruz del calvario. Su amor fue probado. ¿Qué tanto él era capaz de amar a la humanidad? Es fácil decir que amas, pero cuando eres capaz de morir por quien dices amar, es entonces cuando se transciende a lo eterno, puro, perfecto y santo.

Esas son las profundidades de su amor. Cuando la muerte parece que pasa por encima de ti y te sientes desvanecer o morir. Así fue el amor de Yahshúa, que murió y resucitó al tercer día, aún ni la muerte lo podía resistir. La muerte no puede resistir el amor. Incluso, estuvo muerto por tres días, pero aún su amor venció la muerte. Parecía que el enemigo le había ganado; pero al tercer día él resucitó. Aquél que había muerto, tomó vida y pasó de muerte a vida eterna. Eso sucede cuando nos estamos muriendo; él llega, nos alcanza y de la muerte nos pasa a la vida eterna. Nos envuelve en un manto de amor, gozo, alegría, paz y fe; ese es el amor.

Jamás sabremos lo que es amar hasta que tengamos un encuentro real con el amor divino. Nunca podremos experimentar su amor perfecto hasta que logremos morir a nuestras pasiones pecaminosas y a los malos deseos. Cuando somos capaces de renunciar a nuestro propio ego, a nuestra concupiscencia, entonces seremos capaces de comenzar a disfrutar y experimentar las delicias de su perfecto amor.

El amor de Hashem es sobrenatural, ante su presencia todo lo que es de origen natural y/o pecaminoso, morirá. Él es fuego purificador que refina bajo la unción de Su Gloria. Él es perfecto y santo, su amor es inmenso y nos cubre bajo las alas del Ruaj Hakodesh. Tu amor por él debe ser voluntario, en el cual abres tu corazón para disponerlo al servicio del Rey de la creación.

Cuando eres capaz de negarte a ti mismo, serás capaz de conocer las profundidades de la plenitud de su amor. Porque el amor no es egoísta y se puede ser egoísta cuando solo quieres la bendición de Hashem para ti. Pero cuando quieres al Hashem que bendice, ahí es otra cosa. Ya no se quiere lo que él te pueda dar, sino que lo quieres a él y esa es la diferencia de amar.

Yahshúa sabe cuándo vienes solo buscando la bendición que él pueda darte, pero también sabe cuándo buscas su amor y su deidad. Aquel que viene buscando su bendición, se acerca con interés creyéndose merecedor de la bendición. Más aquel que lo ama, vendrá a postrarse para regalarle su mejor adoración en una nueva canción, envolverse en su amor y a tener amores con el amado. Pocos pueden entrar al corazón de Hashem y escuchar los latidos de su corazón. Cada latido tiene un secreto, cada palpitar manifiesta su ternura y su amor. Para entrar en su presencia, debes tener un corazón contrito y humillado, humilde y lleno de agradecimiento.

Ante el resplandor de Su Santidad y Majestad todo tu ser (espíritu, alma y cuerpo) quedará al descubierto para ser transformado por el poder su perfecto amor. Pocos han entendido que amarle es desearle. Es un romance como el libro de los Cantares. *Cantares 1:2-4 ¡Oh, si él me besara con besos de su boca! Porque mejores son tus amores que el vino. A más del olor de tus suaves ungüentos, Tu nombre es como ungüento, como ungüento derramado; Por eso las doncellas te aman.* (Recomiendo leer el libro completo de los Cantares).

"Angustiado él, y afligido, no abrió su boca; como cordero fue llevado al matadero; y como oveja delante de sus trasquiladores, enmudeció y no abrió su boca." Isaías 53:7 Por amor a la humanidad no abrió su boca, para que deseáramos la hermosura de su santidad y amor. Su mirada sobre mi fue amor. Sus manos fueron heridas para levantarnos y sanarnos. Yahshúa se despojó y sufrió por amor. Estas son las profundidades de su amor, que muchos leen y conocen, pero que pocos honran. Porque amarle es obedecerle, es vivir para él y hacer de tu diario vivir una constante vivencia de adoración.

¡Sabes! Su amor fue más grande que su posición de Elohim. Su amor por nosotros fue más grande que su reino. Yo pensé que sabía amar; pero no, no sabía amar. Para amar hay que estar escondido en su corazón, hay que sentir el palpitar del corazón de Elohim, él también se duele, llora, hiere y su corazón se desgarra a causa del pecado y la maldad de la humanidad. Su amor no conoce fronteras. Su amor cruza los límites, derribando toda barrera y todo obstáculo.

Escondido en el corazón del Shaddai, sintiendo su amor, es allí donde podrás escuchar su risa, sentir su aliento, su dolor, ver sus lágrimas caer a causa del pecado de la humanidad y escuchar el gemido su corazón. El Ruaj Hakodesh es quién gime e intercede por el pecado la humanidad. Pocos conocen lo que es sentir su dolor, porque amarlo a él duele. De hecho, en una ocasión orando, le pedí a Hashem que me permitiera sentir su dolor hasta donde yo pudiera soportar. Al poco tiempo mientras intercedía en oración, comencé a experimentar un fuerte dolor en mi interior que no podía comprender, sentía que me faltaba el aliento y mi cuerpo muy quebrantado; fue entonces que le pregunté al Shaddai, qué me sucedía, a lo cual Él me contestó, que estaba experimentando un poco de su dolor el cual yo le había pedido en oración. Nunca olvidaré esta gran experiencia.

Su amor envuelve caminar, correr y aún volar cuando él te lo indique. Cuando tú amas aún obedecerle será un deleite. Cuando te haces uno con él, tus sentidos se agudizan conectándose a lo sobrenatural, pues lo vas a escuchar con tu corazón, con el alma, desde lo más profundo de tu ser, aún esa palabra que él no dice, pero que te llega al alma. La razón por la cual las personas dicen: ¡Yo no lo escucho!; es debido a que sus corazones no están conectados al corazón de Yahshúa.

Su amor y su mirada cristalina, pura y santa, te mira con pasión y ternura. Sus ojos te contemplan, provocando que tu mirada y la suya se hagan una, despertando una sonrisa de fe y esperanza que te dice que sigas creyendo en su infinito y perfecto amor. De su boca sale un susurro diciéndote: "¡Te Amo! No te he dejado, ni te dejaré. Estaré contigo hasta el final de los tiempos por toda la eternidad". Yahshúa vino para amarnos por toda la eternidad.

Creados por Amor

La identidad de la persona humana se perfecciona en la creación a imagen y semejanza de Dios. *"Y creó Dios al hombre a su imagen, a imagen de Dios lo creó; varón y hembra los creó." Génesis 1:27*

Su mayor anhelo es que lo veamos en el niño que llora, en el anciano que sufre, en el que tiene hambre, en el forastero. *"Porque tuve hambre, y me disteis de comer; tuve sed, y me disteis de beber; fui forastero, y me recogisteis; estuve desnudo, y me cubristeis; enfermo, y me visitasteis; en la cárcel, y vinisteis a mí." S. Mateo 25:35-36*

Como hijos de Hashem debemos tener el carácter de él. Debemos dar el fruto del Ruaj (Espíritu Santo) y vestirnos de su armadura que menciona la Palabra de Dios en Efesios 6:11-18. Cuando la biblia nos habla del fruto del Espíritu, nos revela el carácter de Yahshúa, los cuales son: Amor, gozo, paz, paciencia, benignidad, bondad, fe, mansedumbre, templanza y contra tales cosas, no hay ley. (Gálatas 5:22-23).

La Palabra de Hashem dice: Sed santos porque Yo Soy Santo. Él quiere que seamos el reflejo de su gloria aquí en la tierra. Fuimos creados por amor y de igual manera, él nos cubre y nos llena de Su amor ágape. Su amor pleno en nosotros nos dará identidad de su reino y merecedores de la salvación por su gracia y misericordia.

Amarle es despertar sediento de él y sumergirnos en el río de su amor para saciar la sed del alma. Es mirar aún con los ojos cerrados, pues le verás con los ojos del alma. Descubrirás tesoros escondidos que solo se pueden hallar cuando amas. Pues el amor te hará ver más allá de las circunstancias y más allá de la faz natural. El amor tiene sentidos increíbles, que sin Su amar es imposible detectar. El amor tiene una alarma al peligro, es un detente y una espera. El amor repudia el pecado, la maldad y la mentira. El amor es perfecto, puro, honesto, sencillo y humilde. El amor de Dios se manifiesta transparente, porque él es puro, sin maldad, es inocente e inofensivo.

El amor te eleva a las alturas y te hace habitar en su presencia. Su morada es en el cielo y vive por la eternidad. El enemigo no lo puede tocar, porque el amor tiene fuego que consume el pecado, al odio y la maldad. Satanás no resiste el fuego del volcán del amor de Dios. Es el amor de Yahshúa que lo venció en la cruz del calvario y lo despojó públicamente venciendo sobre todo principado, potestad, gobernador y huestes de maldad. Solo el que es capaz de amar, podía derribar al enemigo de las almas. El que no ama no es digno de Él, porque el que no ama no tiene a Dios en su corazón.

1 Corintios 13:1-8

"Si yo hablase lenguas humanas y angélicas, y no tengo amor, vengo hacer como metal que resuena, o címbalo que retiñe. Y si tuviese profecía, y entendiese todos los misterios y toda ciencia, y si tuviese toda la fe, de tal manera que trasladase los montes, y no tengo amor, nada soy. Y si repartiese todos mis bienes para dar de comer a los pobres, y si entregase mi cuerpo para ser quemado, y no tengo amor, de nada me sirve. El amor es sufrido, es benigno; el amor no tiene envidia, el amor no es jactancioso, no se envanece; no hace nada indebido, no busca lo suyo, no se irrita, no guarda rencor; no se goza de la injusticia, más se goza de verdad. Todo lo sufre, todo lo cree, todo lo espera, todo lo soporta. El amor nunca deja de ser; pero las profecías se acabarán, y cesarán las lenguas, y la ciencia acabará."

El amor de Hashem

Su amor nos desarma y nos deleita. Su amor traerá revelación divina, palabra fresca y rhema. Él te hará comprender lo que antes en tu estado natural no alcanzabas a comprender. Tu espíritu y tu mente se va a renovar y vendrá sobre ti sabiduría, inteligencia, consejo, poder, conocimiento y temor de Yahveh, como dice en Isaías 11:2.

El amor de Yahshúa es imperecedero, es invencible, poderoso, majestuoso, es una entrega con piedad y misericordia. Su amor trae vida y excelencia, quema, purifica, su amor es incomprensible, más de lo que puedas soñar o imaginar. Derriba todas tus expectativas y argumentos llevándote a transcender en algo desconocido para tu alma, el cual traerá un impacto de transformación genuina dentro de tu ser.

Su amor te lleva al cielo y te revela las maravillas de su reino, abre tus sentidos piel a piel con el amado de tu alma, que te cautiva. Te hace fuerte y valiente formando en ti un guerrero de su reino. Una vez lo descubres ya no quieres dejarlo ir, porque él será tu mayor tesoro.

El amor es lo más grande, te llena de gozo y de risa, hermoseando tu rostro y haciéndote brillar. Esos son los tesoros que el adversario (Satanás) quiere saquear, matar y destruir.

El verdadero amor es transparente, sublime e íntegro y no hace nada indebido. El amor no ofende, no grita, el no obliga, él te convence, te seduce con su mirada y te invita a seguir sus huellas.

El amor verdadero no juzga, no calumnia, no critica, no se envanece, no hace nada indebido, sólo ama a su prójimo como así mismo y se duele del dolor ajeno. *"El amor es sufrido, es benigno; el amor no tiene envidia, el amor no es jactancioso, no se envanece; no hace nada indebido, no busca lo suyo, no se irrita, no guarda rencor; no se goza de la injusticia, más se goza de la verdad. Todo lo sufre, todo lo cree, todo lo espera, todo lo soporta. 1Corintios 13:4-7.*

Mientras desarrollaba escribir este libro, Hashem me dio una visión hermosa la cual les comparto y el cual él me proveyó la revelación de su significado. Pude ver una rosa (flor) que flotaba en el aire de color blanco, con bordes rojos en sus pétalos, las hojas en su tallo eran de color azul y las puntas de las hojas en oro. Quedé sorprendida ante tal visión, pues nunca había visto una rosa como esa. El color blanco de la rosa simboliza la pureza, los bordes de los pétalos rojos son el símbolo de la sangre hermosa de Yahshúa, las hojas azules simbolizan su Ruaj Hakodesh y las puntas de las hojas en color oro, representa el valor de su amor por ti. Es por eso, él te eleva hacia las alturas y en lo alto de su presencia allí te exhibe con su amor y su justicia.

En las profundidades de su amor, te olvidas de todo, no hay vanidad, no hay temores pues se van la inseguridad y los miedos. El amor te quita todo peso de pecado, eres más liviano, se va toda carga, y ansiedad. Cuando descubres el verdadero amor, ya estás listo para abordar y subir a las alturas, a lo alto de Su presencia para manifestar el mayor nivel de su gloria que es la plenitud de su infinito amor.

El amor de Yahshúa viene hacer morada en ti siendo impactado y transformándote en una nueva criatura. El depositará dentro de ti una semilla del Ruaj el cual producirá en ti un ministerio que bendecirá a otros e impactará naciones. El mismo Shaddai producirá en ti una pasión impresionante del querer como el hacer por su buena voluntad.

Cuando el amor se manifiesta, todo comienza a suceder; sanidades, prodigios, maravillas, milagros, hay salvación y liberación. Es la plenitud de su amor la que produce y trae el avivamiento. El avivamiento no es otra cosa que el derramamiento perfecto de su amor trayendo perdón y convicción de pecado. Se va el dolor y la tristeza. Es la excelencia de su amor pleno, complementando todo y alineando todas las cosas en Él y para Él.

Recuerdo la noche en la que él me habló y me dijo algo maravilloso: "Hija, quiero que seas semejante a los ángeles. Yo me turbé dentro de mí, pues jamás había escuchado algo como esto. A lo cual le pregunté a qué se refería, y cómo podría yo ser semejante a los ángeles. Entonces me respondió: "Los ángeles son obedientes, son adoradores, ejecutan mi palabra y mis órdenes, están en mi presencia y me aman." Los ángeles son ministros de fuego al servicio de Hashem. Pude entender que él desea que seamos como sus ángeles aquí en la tierra, manifestando su gloria y Su perfecto amor.

Hablándoles de nuestro Amor

¿Cómo hablarles de nuestro romance, de nuestro tiempo a solas en el secreto de Hashem? No todos lo comprenderán. Es algo dulce, tierno, amoroso y sobrenatural. ¿Cómo les hablo de nuestro amor? Le preguntaba a Yahshúa. Es muy grande y no lo pueden comprender. Solo el que logra amarte podrá comprender este fuego de pasión que nos envuelve a los dos y me hace hablar un nuevo idioma… El lenguaje del cielo, el idioma perfecto de tu amor, ese amor que da vida, que sana cada una de mis heridas con Sus besos y caricias. Tu amor llena mi alma, contigo me siento plena. No necesito los placeres del mundo, tú me llenas toda de gozo y de paz. Tus misericordias son nuevas cada mañana.

Tu amor me hace sentir segura, llenando mi alma de paz y fe. Ya no le temo a nada, ni a nadie, pues tu amor es escudo alrededor de mí. Estoy escondida entre tus brazos y sé que no me soltarás. *"Aunque ande en valle de sombra de muerte, No temeré mal alguno, porque tú estarás conmigo; Tu vara y tu callado me infundirán aliento. Aderezas mesa delante de mí en presencia de mis angustiadores; Unges mi cabeza con aceite: mi copa está rebosando. Ciertamente el bien y la misericordia me seguirán todos los días de mi vida, Y en la casa de Jehová moraré por largos días." Salmos 23:4-6*

Ahora puedo comprender mejor tu Palabra, toda ella me habla de ti; está llena de tu amor y de tu ternura. Te acordaste de mí oh amado mío… Tu visitación se hizo palpable. Ya no soy la misma, todo mi ser ha cambiado. Siento que respiro distinto, ya puedo ver los colores bellos de la vida y escuchar el cantar de las aves que me hablan de ti. Siento tu aliento en el viento, que me acarician y me hacen sentir que estoy viva y lo valiosa que soy en ti.

Hoy puedo alzar mis ojos a los montes y ver que tú eres mi gran socorro. Ver el sol en los cielos que es tu rostro sobre mí, fuerte, caliente, resplandeciente, que dominan las tinieblas y disipan la oscuridad. Capaz de encender un bosque, el bosque de mi interior, y hacerme arder en el fuego de tu pureza y santidad. Tu amor es un gran río, donde puedo navegar, sabiendo que no me pierdo, pues tu amor me sostendrá.

Cuán grande y hermoso eres tú oh amado mío. ¿Quién podrá comprender, la grandeza de tu amor?

Su amor tiene nombre de realeza

Su amor tiene nombre de realeza es el nombre de su amado Hijo Yahshúa Ha Mashíaj; nombre del Rey de reyes y Señor de señores. Él te invita a sentarte en lugares celestiales juntamente con él. Él fue quien te escogió como real sacerdocio, nación santa y pueblo adquirido por Hashem, para manifestar su gloria. *"Más vosotros sois linaje escogido, real sacerdocio, nación santa, pueblo adquirido por Dios, para que anunciéis las virtudes de aquel que os llamó de las tinieblas a la luz admirable." 1 Pedro 2:9*

Visión con el Rey

Me encontraba en mi segundo viaje misionero en el país de Paraguay, estaba en un hogar muy pobre con una familia la cual fuimos a bendecir y a construir un hogar para ellos. Recuerdo que estaba acostada y de repente mi cuerpo comenzó a temblar y hablar en lenguas. Yo sabía que Hashem quería revelarme algo, mi cuerpo se debilitaba. Después de un proceso de treinta minutos comenzó la visión. Aquí le relato lo que vi en forma de poema, sin quitar su veracidad.

Mi Rey es majestuoso, Él se viste de gloria y majestad, sus vestidos son de gala, rojo carmesí y sobre su cabeza tiene una corona de oro adornada de piedras preciosas y resplandecientes. Toda la corte celestial le adora. El me mira con ternura y me invita a cabalgar a las alturas del cielo infinito, montada en su caballo blanco. Cabalgando sobre las nubes entre amores y risas, sale un resplandor de su rostro, sus ojos como llama de fuego, él es valiente y victorioso. Su luz resplandeciente ilumina el inmenso cielo…cuán grande y maravilloso eres amado mío. Mi boca se llena de risa y mi corazón de alegría, tu resplandor me hace brillar, me cubres fuerte con tus brazos y tu diestra me sustenta. Así termina esta hermosa visión.

Identidad en Yahshúa por medio de su amor.

Mi Amado es mío y yo soy suya. Su nombre tiene autoridad en los cielos y en la Tierra. Él ordena a sus ángeles que le abran paso, proclamando Su nombre al sonido de las trompetas. Se escucha un coro de ángeles celestiales que están ante su presencia, cantando y adorando Su nombre con instrumentos de aire y de cuerdas. Cuán grande y glorioso eres tú oh amado mío. Ante tu presencia todos se postran, los que están en los cielos, la tierra y aún debajo de la tierra. Los cielos son conmovidos ante la majestuosidad de Su Gloria. Su nombre es Fiel y Verdadero y con justicia juzga y pelea. Él es varón de guerra y su nombre es proclamado por todo el Universo. Todos los reyes de la tierra arrojan sus coronas ante la manifestación de su gloria.

Su sangre de realeza es pura e inmaculada, es perfecta con perfume de olor grato. Fue esa sangre hermosa que nos limpió y nos compró para hacernos partícipes de su reino. De su corazón emana una luz radiante de pasión por su amada (iglesia), él te corona de justicia y de su verdad para gobernar juntamente con él en su reino. Él pone en tu mano un anillo de pacto y amor eterno.

"Por lo cual Dios también le exaltó hasta lo sumo, y le dio un nombre que es sobre todo nombre, para que en el nombre de Jesús se doble toda rodilla de los que están en los cielos, y en la tierra, y debajo de la tierra[1] y toda lengua confiese que Jesucristo es el Señor, para gloria de Dios Padre." Filipenses 2:9-11

El amor de Yahshúa por medio de su crucifixión, vino a darte vida e identidad del reino, de realeza y de príncipe. Vino hacerte más que un vencedor por medio del amor a través de la cruz del calvario. Él vino para santificar al hombre por medio de su sangre preciosa derramada en aquella cruz. Su sangre limpia, purifica, te transforma y te lleva a nuevos niveles de gloria por medio de su perfecto amor santo y verdadero.

"Mas a todos los que le recibieron, a los que creen en su nombre, les dio potestad de ser hechos hijos de Dios." S. Juan 1:12

El precio del amor de Hashem por la humanidad, costó el sacrificio de su único Hijo amado. Él se entregó por amor, lo dio todo por amor, vino a sufrir por amor, y por amor tomó nuestro lugar. *"Más él herido fue por nuestras rebeliones, molido por nuestros pecados; el castigo de nuestra paz cayó sobre él, y por su llaga fuimos nosotros curados." Isaías 53:5*

"Nadie tiene mayor amor que este, que uno ponga su vida por sus amigos." S. Juan 15:13

Su amor comenzó en un sufrimiento, viendo a la humanidad perdida en su pecado. Los vio en el pecado, en delitos, en maldad, éramos reos de muerte por desobedientes, pero su amor optó por venir a pagar las consecuencias de nuestros pecados. Y nos cambió el acta de sentencia que había en nuestra contra. Como dice la Biblia: *"anulando el acta de los decretos que había contra nosotros, que nos era contraria, quitándola de en medio y clavándola en la cruz, y despojando a los principados y a las potestades, los exhibió públicamente, triunfando sobre ellos en la cruz." Colosenses 2:14-15.*

Cuando el amor llega a la plenitud, aquel que no conoce el verdadero amor, podrá ser confundido. Porque el amor es entrega y sacrificio; y muy pocos están listos para recibir la entrega del amor. Muchos huirán del amor, otros tratarán de atraparlo. Pero él llega y te atrapa a ti, él puede ser sentido por todos, pero nadie puede atraparlo a él. El amor es profundo como el mar, alto como el cielo, es como el agua en tu ser, la sientes, te sumerges en ella, disfrutas su esencia, mas no la puedes atrapar. Así es el amor de Hashem sobre ti.

El amor es como el fuego que te calienta, te acaricia y te enciende. Te hace sentir el fuego del Ruaj Hakodesh, ardiendo en ti. Te enciende como antorcha encendida, te hace arder en el fuego de su santidad. Pero no logras atrapar sus llamas y tampoco lograrás apagarlo. Pero sí puedes disfrutar de su amor y de las llamas de su fuego, que te harán arder como ministro de fuego, más no te quemarás.

Su reflejo en ti

Cuando tienes identidad del reino, hablarás el idioma santo y puro del cielo con salmos y alabanzas. Todo tu ser será transformado en una nueva criatura. Tu rostro va a resplandecer, tu mirada será el reflejo de su gloria desde lo más profundo de tu ser. Tu caminar será refinado y tus pasos serán firmes. Todas tus prioridades tomarán el orden perfecto, amando a Hashem sobre todas las cosas. El pondrá en ti un nuevo cántico, una canción de amor y de excelencia al Abba (Padre). Serás guiado por el Ruaj Hakodesh, el cual te llevará a toda verdad y te va a revelar sus más íntimos secretos y misterios del reino.

Su identidad en ti te hará su amigo, haciéndote uno con él, es donde comienzas a representar el cielo con dignidad y excelencia en la tierra bajo su gracia, poder y gloria. Su esencia en ti, te hará reconocerlo en todos tus caminos. El derramará su gloria sobre ti y tú le darás toda la gloria a Él. Verás sus delicias y fluirás en un mover de autoridad bajo su gracia divina, obedeciendo su Palabra y provocando un avivamiento en ti. Serás portador de su gloria en cada lugar que vayas. Ya no temerás, porque en el verdadero amor no existe el temor. Serás manso como paloma y astuto como la serpiente; te remontarás a las alturas como las águilas, tendrás la valentía del caballo y las fuerzas del búfalo que nunca retrocede.

Vístete del color del amor

El amor no tiene forma propia, el amor se viste del color de quien ama. Éste responde al sonido de la voz de su amada. El sale tras la canción de la que ama su alma. El que sabe amar, ama sin medida. El amor no esconde su rostro de quien ama, sino que busca su rostro aún de madrugada. Le susurra a su oído y le dice cuánto le ama. Así es el amor de Hashem por su amada.

El amor está lleno de colores y matices hermosos que envuelven la excelencia de su elegancia. Cada color tiene una repercusión en el plano espiritual. Vestirse del color del amor envuelve todo lo que representa su divinidad, lo cual debe ser manifestado en nuestras vidas.

Es necesario examinar nuestro interior y ver si estamos vestidos de la plenitud de su amor con los hermosos colores que lo caracterizan a Él.

Cuando hablamos de la definición de los colores lo llevaremos al término espiritual para que puedas tener conocimiento de los significados de cada color y el propósito por el cual Hashem los utiliza, representando su reino. Aquí mencionaremos algunos colores como simbología y ejemplos en términos natural para llevarte a un conocimiento espiritual. Por ejemplo: cuando en la palabra de Dios menciona vestirte de blanco, no es literalmente que tu ropa sea blanca, es por esto por lo que quiero revelarles su significado.

Cuando Elohim nos habla en Su Palabra de vestimenta de reyes y de sacerdocio, lo vas a asociar con lo que representa ese color para aplicarlo en tu vida. Algunos colores del sacerdocio es el púrpura, azul royal y rojo carmesí. Cuando escuchas sobre el púrpura, e inmediatamente tu mente y tu espíritu lo va a relacionar con el sacerdocio, reyes, poder y sabiduría. Ese es el verdadero mensaje que Elohim quiere llevarte al plano sobrenatural, donde encontrarás las profundidades de la plenitud de su amor. Pues aún los colores envuelven misterios extraordinarios de Su reino.

- *Blanco* – significa vestimenta de la novia del Cordero; transparencia, resplandeciente, pureza, santidad, libertad, paz, justicia, lo que es bueno y agradable. Vea Apocalipsis 19:7-8

- *Rojo carmesí* – significa la sangre de Yahshúa, justificación, limpieza de pecado, sufrimiento, redención y fuego purificador. Ver Hebreos 9:14

- *Púrpura* – significa realeza, sacerdocio, poder, autoridad del reino, mediador, riquezas, dominio, herencia, majestad y sabiduría. Ver Hebreos 8:1

- *Violeta* – simboliza todo aquello que no podemos comprender, lo que es invisible, eterno y sobrenatural. Ver Hebreos 11:3

- *Verde* – significa gracia divina, nuevo comienzo, pastos verdes y refrescantes, un nuevo renacer, vida eterna, florecer, dar fruto, esperanza y crecimiento. Ver Números 17:8, 1ra de Corintos 15:58

- *Fucsia o rosa* – simboliza el gozo, buenas relaciones, amistad, carisma y compasión. Ver Salmos 16:11, Proverbios 17:17

- *Azul* – simboliza el cielo, lo celestial, eternidad y el Espíritu Santo. Ver Salmos 19:11

- *Bronce* – significa la capacidad de soportar juicio, el cuerpo de Yahshúa, el pan y la naturaleza del hombre. Ver Apocalipsis 1:15

- *Cobre* – por lo general se tiende a utilizar juntamente con el bronce, representa el perdón, juicio, fuerza, relacionado con la naturaleza, riqueza, crecimiento y experiencia.

- *Plata* – simboliza redención, precio pagado, divinidad y sabiduría. Ver Salmos 12:6, Malaquías 3:3

- *Oro* – representa lo divino, Su Reino, purificación del alma, perseverancia en las pruebas, fe, gloria, honra y alabanza. Ver 1ra Pedro 1:17

- *Amarillo* – significa la gloria de Hashem, luz, sol, sol de justicia, salud, gracia y el favor de Hashem. Ver Malaquías 4:2, S. Juan 8:12

Las coberturas del amor.

El amor tiene varias coberturas, porque el amor no sabe hacer otra cosa que amar y cubrir. Te cubre con su amor, con su verdad, con su misericordia y su justicia. Te cubre con su esencia, porque él no sabe hacer otra cosa que amar, cubrir y proteger. Porque el que ama sabe que ha encontrado un gran tesoro, el cual cubrirá con su amor. Él sabe que del corazón emana la vida. El amor no camina hacia el pasado, el no retrocede, él tiene cosas nuevas para sus hijos y se deleita en bendecirlos. El amor levanta al caído, porque si siete veces cayere el justo Yahveh lo levantará. El unge tu cabeza con aceite y hace que tu copa rebose. *"No os acordéis de las cosas pasadas, ni traigáis a memoria, las cosas antiguas. "Isaías 43:18*

El amor no ve tus fallas, sino que cubre tus faltas. Te corrige con amor y te mira con ternura, te acaricia con su verdad. El amor te desarma con su susurro y te contempla al caminar. Aún mientras duermes su Ruaj cuidará de ti. *"Yo me acosté y dormí, Y desperté, porque Jehová me sustentaba." Salmos 3:5*

El amor suple todas tus necesidades, sin que quede una de ellas al descubierto. *"Mirad las aves del cielo, que no siembran, ni siegan, ni recogen en graneros; y vuestro*

Padre celestial las alimenta. ¿No valéis vosotros mucho más que ellas?" S. Mateo 6:26

Él conoce de qué tienes necesidad, el amor no te abandona, sino que cubre multitud de pecado. Como dice en **1 Pedro 4:8b**: *"porque el amor cubrirá multitud de pecados."*

El amor cubrirá tu mente con el yelmo de la salvación. Tus lomos ceñidos con su verdad, vestidos con la coraza de justicia y calza nuestros pies con el evangelio de la paz. El hace cerco de fuego a nuestro alrededor para protegernos del enemigo. Él nos viste de santidad y su hermosura.

En medio de mi debilidad clamé a ti

Dios muestra su amor hacia mí, en medio de mi debilidad, de mis defectos; más allá de mis pecados. Su amor es más grande que todo lo que podamos fallarle incluso negarle con nuestros actos. Si somos infieles, el permanece fiel. El sigue amando. Su amor es muy grande, muy profundo. Nada ni nadie puede apagar el fuego de su amor, que es como un volcán en erupción como la lava que corre y quema todo tu ser. "¿Quién nos podrá separar del amor Cristo? …" vea **Romanos 8:35-39**

Recuerdo el día que clamaba a ti, mi alma estaba prisionera y esclava de lo que viví. Me sentía desesperada, no sabía cómo salir de la prisión que yo misma construí. Mi alma estaba en angustia, mi mente cauterizada; no había salida humana, había rejas en mi alma. Fue entonces cuando clame a ti en medio de mi sala, gritando con toda mi alma para ser libertada.

En ese momento, comencé a tener una visión: Elohim me mostró mi corazón en el cual se encontraba un tronco de un árbol que llenaba todo. Al ver esta visión, cayó un gran temor sobre mí y confusión. Seguido escuché la voz de Elohim que me preguntaba: *"¿Quieres que saque el tronco de tu corazón?"* Me encontraba muy nerviosa y solo exclamé "¡Ay, Señor!, remuévelo, pero con mucho cuidado y suavidad porque se me rompe el corazón." De pronto escuché la voz del Ruaj Hakodesh que me dijo: "Pídeme anestesia." Y así lo hice. Me acosté en el mueble de mi sala y sentía como su mano rozaba mi corazón. Ese día El Señor me operó, sacando el tronco de iniquidad que había en mi corazón y me libertó, sacando así mi alma de la cárcel.

Elohim me habló: "No recuerdes más tu ayer, tu pasado". Cada vez que yo recordaba mi pasado, veía en visión cómo mi corazón comenzaba a sangrar. Gloria a Dios por su cuidado, su inmenso amor y misericordia para mi vida.

Gracias a Hashem pude escribir este libro que lees hoy. Elohim llegó a tiempo a mi vida y entró a lo más profundo de mi alma para sanar mi corazón y libertar mi alma. Su Ruaj restauró mi vida, purificó mi mente, ahora soy libre y una nueva criatura.

Aún Elohim no ha terminado conmigo. Su amor es muy tierno y paciente. El me visita cada día y me renueva en Su presencia. En cada debilidad clamo a Él y cuando mi alma se angustia, el siempre aparece y me envuelve en su presencia. Sé que él cuida de mí, aunque todos se vayan y me dejen, él siempre estará junto a mí. Su amor es fiel y me perfecciona en él, para la gloria de Su nombre.

El amor de Hashem nos debilita

El amor emana desde lo más profundo de nuestra alma. Su amor es más fuerte que te derriba y te desarma, te debilita y rompe todo argumento. Él es esa brisa que te acaricia, es fuego que te quema, su amor es como olor fragante; una palabra que penetra, una mirada que enamora, una caricia tierna, un suspiro, un sollozo. Su amor te envuelve y alienta tu alma. Se esconde dentro de ti y recorre cada rincón a lo más profundo de tu ser, arrancando todo lo que te daña, sanando tu espíritu, alma y cuerpo. Su amor va a renovar tu mente y tus pensamientos.

El amor es el arma de guerra más poderosa que llega y alcanza lo que otras armas no pudieron. El entra sutilmente; entra por una caricia, por un abrazo, por un beso y ahí te envuelve. Es una red que te atrapa y ya no puedes escapar. Su amor te lleva al cielo y te hace ver la luz del sol y las estrellas en Su santidad. Se despiertan todos tus sentidos, piel a piel con el amado de tu alma. Él te cautiva y te revoluciona, te hace fuerte y valiente. Te levanta a pelear por la salvación de las almas porque Él las ama. Una vez lo encuentras y lo descubres, ya no quieres dejarlo ir, porque el será tu mayor tesoro.

Cuando el amor de Yahshúa llega a tu vida, cambiarán tus prioridades trayendo el orden divino, buscando el reino de Hashem y su justicia. Tu mayor anhelo será conocer más a tu amado celestial. El impactará tu vida vistiéndote de realeza, purpura y carmesí. Él te sellará con su Ruaj Hakodesh atrapándote en las alas de su infinito y eterno amor.

Él toca tu fémur y te hace caer ante Su presencia, cambiará tu andar, provocando que te rindas, te quebrantes y te humilles ante Su divina presencia. Tanto amor no lo puedes contener, ni lo puedes resistir. Su inmenso amor tiene cuidado de ti. Basta un toque de su Gloria para debilitar todo tu ser. Tu cuerpo será quebrantando ante el toque de Su Majestad, tu alma será sacudida con violencia por Su Presencia.

Recuerdo las noches en las, cual tenía experiencias maravillosas con Su Ruaj; mientras él se acercaba mi cuerpo comenzaba a temblar y a dolerme. Mi cuerpo se iba debilitando a la vez que iniciaba hablar en otras lenguas. Yo podía comprender que él deseaba hablarme. Mi quebranto venía a causa de la manifestación de Su gloria sobre mí. Era en ese momento en el cual debía guardar reposo en cama y comenzaba una nueva experiencia. Cada experiencia venía acompañada de visiones, éxtasis, secretos de Su Reino, mientras escuchaba el susurro de su dulce voz, haciéndome comprender sus maravillas.

Cada proceso era muy doloroso y luego no tenía fuerzas para levantarme. Pasaba horas y hasta días acostada, dependiendo de la manifestación de cada experiencia. Cada músculo de mi cuerpo quedaba quebrantado; era un precio que tenía que pagar y soportar para poder experimentar estos misterios sobrenaturales.

En varias ocasiones cuando el poder de Dios tocaba mi cuerpo, caía de rodillas al suelo, y en otras ocasiones en descanso. Mis fuerzas se desvanecían ante el toque del Shaddai. Estos son misterios maravillosos que no todos pueden comprender. En el libro del profeta Daniel, nos habla de visiones que él tuvo y luego caía como muerto al suelo. *"Pero he aquí, uno con semejanza del hijo del hombre tocó mis labios. Entonces abrí mi boca y hablé, y dije al que estaba delante de mí: Señor mío, con la visión me han sobrevenido dolores, y no me queda fuerza."* *Daniel 10:16*

Cuando el poder de Hashem se manifiesta nuestro cuerpo físico, carnal no podrá resistir el poder de Su grandeza. Ante Su presencia tiembla la tierra y también tiemblan nuestra vida y nuestra alma.

El Quebranto de su Amor

Su amor me quebrantó, produciendo un fuerte dolor en mi cuerpo. Tanto dolor; no podía comprender. Así que le pregunté... ¿Cuál era la causa de tanto dolor? A lo cual me contestó: *"Vino nuevo, en odre nuevo. Estoy formando una vasija nueva de honra en ti."* El Ruaj Hakodesh siguió hablándome, *"el dolor trae quebranto, humillación y rendición. El fuego trae purificación y santificación. El agua te limpia y refresca tu ser. El amor te sana y el perdón te hace libre."*

Recuerdo un sueño que tuve una noche en el cual me encontraba frente al altar de una iglesia. De repente estaba en el suelo, cuando abrí mis ojos, estaba yo sobre aquel altar acostada. Sabía que había sido el Ruaj Hakodesh que me había colocado en ese altar y luego desperté del sueño. Pregunté al Señor el significado de aquel sueño, a lo cual me contestó: *"Tu eres el sacrificio vivo y no te soltaré hasta que termine lo que te he dicho."* ¡Aleluya, Gloria a Dios! Elohim no dejaba de sorprenderme y procesarme.

Recuerdo momentos de mi vida, donde pasé mucho tiempo llorando y postrada en el suelo. Yo no podía entender por qué tanto dolor y quebranto. Un día le hablé a Hashem: "Elohim ya sácame del desierto, llevo mucho tiempo padeciendo con dolor en mi cuerpo, no aguanto más sufrimiento. Y el me respondió: *"Hija, mírate, ya no eres la misma. Cada proceso y cada desierto es diferente. Has pasado el desierto de liberación, sanidad, perdón, fe y del amor."* Fue cuando comprendí que cada proceso duele, pero no son los mismos y cada uno de ellos son necesarios. Es por eso por lo que les recomiendo que le pregunten al Señor por el proceso por el cual estén pasando, para que puedan comprender y tener conocimiento del trato de Elohim en ese momento de sus vidas.

El quebranto de su amor es cuando él nos lleva a la rueda de la mesa del alfarero, para darnos la forma que él desea en nosotros. Seremos transformados por las mismas manos de nuestro amado Elohim. Habrá momentos que te pasará por el horno de fuego a máxima temperatura para hacerte brillar y resplandecer con su luz admirable. Todo tu ser, espíritu, alma y cuerpo será expuesto ante el fuego de Su Santidad. Allí será manifestada la verdadera identidad de tu condición. Se verá tu carácter, tus temores, debilidades y pecado.

Es en el horno de fuego donde morirá la vieja criatura, para darle libertad a lo nuevo, genuino y refrescante que Hashem tiene para tu vida. Solo el que es capaz de resistir hasta el final, saldrá renovado y transformado en un nuevo ser; puro, limpio, restaurado y resplandeciente por el fuego purificador de Su Santidad. Más puedo dar fe y testimonio de que en todo este proceso nunca estarás solo; El ángel de Yahveh estará contigo en todo tiempo.

"Porque yo sé los pensamientos que tengo acerca de vosotros, dice Jehová, pensamientos de paz, y no de mal, para daros el fin que esperáis. Entonces me invocaréis, y vendréis y oraréis a mí, y yo os oiré; y me buscaréis y me hallaréis, porque me buscaréis de todo vuestro corazón." Jeremías 29:11-13"

"Clama a mí, y yo te responderé, y te enseñaré cosas grandes y ocultas que tú no conoces." Jeremías 33:3

"Porque mis pensamientos no son vuestros pensamientos, ni vuestros caminos mis caminos, dijo Jehová. Como son más altos los cielos que la tierra, así son mis caminos más altos que vuestros caminos, y mis pensamientos más que vuestros pensamientos." Isaías 55:8-9

Tienes que ser quebrantado para recibir lo nuevo que Hashem tiene para ti; Solo así vas a recibir expansión y depósito divino para todo tu ser. Hashem hará cosas nuevas en ti y traerá manifestaciones de gloria, después que te haya procesado; para producir en ti la excelencia de la plenitud de su amor.

"hasta que todos lleguemos a la unidad de la fe y del conocimiento del Hijo de Dios, a un varón perfecto, a la medida de la estatura de la plenitud de Cristo;" Efesios 4:13

Los procesos en Hashem son dolorosos, pero son los que nos van dando forma y forjando en nosotros el carácter de Yahshúa Ha Mashíaj, para aprender a hacer mansos y humildes como Yahshúa. Son estos procesos los que nos van perfeccionando, hasta poder alcanzar la estatura de nuestro amado Yahshúa. Esto solo se logra por medio de la santificación y perfección en el verdadero amor. Es aprendiendo amar como él, a perdonar y vivir como él nos enseñó. Solo así conoceremos las profundidades de la plenitud de su amor, por medio de Las Sagradas Escrituras.

Cuando somos procesados por la mano poderosa de Hashem, somos nosotros quienes le vamos a demostrar a él cuánto le amamos y si en verdad estamos dispuestos a padecer e incluso morir por amor a Él. Debemos crucificar nuestras pasiones y pecados para que él deposite de su esencia en nosotros y así poder ser el reflejo de su imagen en la tierra.

Anhelando a mi Amado

Saliendo al encuentro de mi amado, lo busco con desesperación necesitando escuchar su voz. El guarda silencio, calla de amor por mí. *"**Jehová está en medio de ti, poderoso, él salvará; se gozará sobre ti con alegría, callará de amor, se regocijará sobre ti con cánticos."** Sofonías 3:17*

Él es perfecto en su hablar, basta una sola palabra para transformar mi ser en un instante. Él es fuerte, valiente y vencedor. Él es un guerrero que nunca pierde. Sin embargo, al mirarlo a los ojos puedo ver su ternura, amor y delicadeza; también se hiere y se ofende. No contristéis al Ruaj de Hashem.

Hablando a mi amado con amor y con mi voz quebrantada le dije: "Sin ti se muere mi alma". Se apaga la luz de mi mirada. Sin ti amado mío se van las fuerzas de mi alma. Sin ti siento que me muero en un desierto oscuro y lejano. No me dejes amado mío, no quites de mí, tu Ruaj Hakodesh. Quiero caminar junto a ti y en las noches tener vigilias con el amado de mi alma. Sin ti se va mi alegría. Moriría como pájaro herido en un desierto. Sin ti soy como ave sin alas que se pierden en un abismo sin salida. No quiero amanecer sin ti en mis noches frías, y al buscarte, ver que te hayas ido, pues no sé vivir sin ti".

Sin tu presencia lloraría tanto, mi corazón colapsaría, sin ti se secan mis huesos y languidece todo mi ser. No quites de mí tu Santo Espíritu. Que tu presencia sea mi abrigo y castillo fuerte alrededor de mí. *"Vuélveme el gozo de tu salvación, Y espíritu noble me sustente".* *Salmos 51:12*

La Habitación
El lugar secreto de amor con el Ruaj Hakodesh

Hermoso es despertar junto a ti cada mañana, y ver tu rostro al encuentro del mío. Saltar de mi cama para caer postrada, y allí volver a tener amores contigo, sumergida en las profundidades del manantial de tus amores.

La habitación es el lugar de amores y citas divinas, encuentros y manifestaciones de gloria con el amado de mi alma. Allí él me visita y me cuenta sus más íntimos secretos, el entra y se acuesta a mi lado para hablarme y amarme. Él me deja sin aliento y sin palabras. Me hace sentir morir de amor por él. El me hace temblar de pasión, sentir frío y calor. Ante el toque de su presencia, pierdo mis fuerzas, mi aliento, su amor me vence y me hace sentir su ternura, poder y calor. Su amor lo cubre todo.

Es en la habitación, entre oraciones y cánticos de alabanza donde él se hace nuestro amigo para revelarnos sus secretos y misterios. Allí crece la comunicación, la confianza y el amor. Es donde comienzas a verlo y a oír su voz con los ojos y oídos espirituales. Es en el secreto de Jehová que se sensibiliza todo tu ser y tus sentidos espirituales se abren a lo sobrenatural de su Ruaj. Es donde te haces uno con él, entrando en el Kairós de su presencia y rodeado de su gloria; donde no quieres hacer otra cosa que no sea adorarle. Es donde tu fe crece y te perfeccionas en el fruto de su Espíritu

Es el lugar donde comienza a plasmar su rostro en ti para hacerte brillar y que otros vean en ti el rostro de nuestro Yahshúa. Entre más lo conoces, más te vas perfeccionando, entre más te humillas, más él te va exaltando. Tu obediencia se convierte en una caricia en el rostro de nuestro amado Creador. Su amor te hace puro, ya no saldrás igual de la habitación, pues serás el reflejo de su amor.

En la habitación con el Ruaj Hakodesh, serán las citas más maravillosas que jamás hayas experimentado. Es hay que él te hace sentir su presencia y te quema con el fuego de su santidad. Él te viste de realeza y te perfuma con mirra, te unge con óleo de gozo y te cubre con manto de alegría. En su presencia hay plenitud de gozo, es el lugar donde debes habitar, rodeado de su hermosa paz. *"Más tu cuando ores, entra en tu aposento y cerrada la puerta, ora a tu Padre que está en secreto;" S. Mateo 6:6*

El me da experiencias nuevas y me habla misterios muy profundos que mi mente natural no pueden comprender. Me envuelve en su presencia y me hace sentir cosas sobrenaturales que jamás pensé experimentar. El me habla y me revela para que yo pueda comprender las profundidades de su amor.

Él me dice que cuando mi cuerpo se debilita, es una señal de que él se está acercando, mi cuerpo no resiste, su presencia me hace caer rendida ante el poder de su amor. Por eso siento que él me ama y a la vez sentir que me muero, porque si siento que me estoy muriendo es porque él me está restaurando, renovando y sanando mi corazón. Vienen cambios a nuestras vidas, cada vez que él nos toca y nos visita. Cada encuentro con Él es un tiempo de quebranto, de cambios y de transformación, pero también de depósito de la excelencia de Él a nuestras vidas. Porque Él ha preparado caminos de bien, de amor y prosperidad para los que le aman. El trae victoria para los que le buscan y confían en su nombre, él cambia todo lamento en baile, en gozo y alegría.

No seas indiferente a su amor

"Al encuentro de Su Amor"

No hagas esperar su amor, no lo hieras con tu indiferencia. Él es tierno y amable, su corazón es sensible, que se hiere con el desprecio y la traición. *"Abrí yo a mi amado; Pero mi amado se había ido, había ya pasado; Y tras su hablar salió mi alma. Lo busqué, y no lo hallé; Lo llamé, y no me respondió." Cantares 5:6*

En él habita la verdad, él es perfecto en todos sus caminos, su amor es incomparable, hay delicias a su diestra. Él está coronado de gloria y majestad. En él está escondido el poder y la grandeza. Cuando él habla, todo sucede y ante sus ojos nada se esconde.

No hagas esperar al amado de mi alma. Él te ama con amor eterno, él te espera en cada madrugada. Elohim te busca con su Palabra y te invita al encuentro de su presencia. Nuevas son sus misericordias cada mañana, donde tienes una cita con el amado de tu alma. Él te anhela tanto; Así como la noche espera a la luna, así como la mañana que espera el sol de justicia. No hagas esperar su amor cuando toca a la puerta de tu corazón, para entrar a cenar contigo y traerte regalos de amor. El llegara con regalos del cielo, regalos únicos que no existen aquí en la tierra. Son presentes maravillosos que el hombre no nos puede dar.

El solo quiere preparar tu alma para que te parezcas más a él. Pues él pronto viene por su amada y quiere llevarte a su morada, para tener a su amada esposa (la iglesia), con él por toda la eternidad. Su amor no quiere verte triste, por eso te llena de su gozo. Su amor lo llena todo, por eso quiere derramar su amor, su fragancia sobre tu rostro y todo tu ser. Así podrás ser sanado y ser feliz. El pondrá en ti un cántico nuevo que te llenará con nuevos deseos de vivir y de estar cada día rodeado de su presencia. Esfuérzate y no temas, camina sin desmayar; pues el da fuerzas al cansado y multiplica las de aquel que no las tiene.

No seas indiferente al susurro de su voz, ni dejes ir al amado de tu alma, búscalo con pasión, y cántale a su corazón. Enamóralo con tu alabanza, sedúcelo con tu adoración. Solo así conocerás las profundidades de su amor.

Capítulo V

"El Ruaj Hakodesh, me habla de su amor"

Entre páginas y letras les cuento mi experiencia con el Ruaj Hakodesh, donde comienza a hablarme del amor y el perdón hacia el prójimo a la luz de las Sagradas Escrituras. Su amor está lleno de romance, versos y poesías. Su voz me cautivó y con su amor me envolvió, en un silbido apacible, comenzó a consolar mi alma y a sanar mi corazón herido; mientras me decía: *"hija ven, tengo algo que enseñarte"*. Allí fue cuando comenzó mi romance con mi amado Yahshúa. Su amor me fue transformando y sanando, mientras sus palabras dulces de amor secaban mis lágrimas de dolor y las transformaba en lágrimas de alegría y risas.

Su Ruaj Hakodesh me dijo: *"Si logras amar como yo amo, habrás alcanzado el mayor nivel de mi plenitud, qué es el amor"*.

Pronto comenzaría las lecciones con el Ruar Hakodesh. Muchas lecciones por comprender y descubrir. Tiempo en reserva, apartada de los demás. Esto tomaría tiempo, y dedicación. Muchos días, semanas y meses en la habitación de mi recamara. Allí el me llenaría de su amor y me haría elevarme en las alturas de Su presencia.

El Ruaj de Amor

Cuando el Espíritu de amor llega a la vida de los hijos de Hashem, estos transicionan a una nueva vida. Comienzan a caminar en las profundidades del río de su Ruaj. Todo egoísmo cae, todo orgullo cae, porque él viene lleno de humildad y de gracia. Trae consigo la revolución de los misterios de Hashem. Él comienza a enseñarte a amar a tu semejante, amar la vida, amar el ministerio y amar aún a tus enemigos. Sin Él es imposible toda esta manifestación. Su amor hace que sientas misericordia por los demás, que seas compasivo y así comienza a fluir en ti el deseo de dar, ayudar, bendecir al necesitado, al menesteroso y amarás toda su creación. La vida tomará otro sentido ante tus ojos.

Recuerdo en un tiempo de mi vida, donde me sentía incómoda con la gente. Todo me molestaba, no comprendía la razón por la cual eso me sucedía. Yo no entendía el porqué del coraje dentro de mí, la amargura se había apoderado de mi ser sin yo darme cuenta, había entrado en silencio sin yo invitarla. La ira era la reacción de mi corazón herido. No quería sentir eso, pero ahí estaba el sentimiento de amargura que ahogaba mi alma y me irritaba por dentro. A medida que caminaba en Hashem, perseverando en oración, en adoración, ese sentimiento fue cambiando y disminuyendo hasta que desapareció. Su amor me hacía libre. ¡Gloria a Dios por su cuidado y su amor para conmigo!

Fue entonces que mi vida fue dando un giro hermoso de 360 grados y comencé a sentir que amaba la vida y amaba las almas. Empecé a orar por las almas y a gemir ante la presencia de Hashem por ellas. Mi alma se llenó de gozo y fortaleza. Comencé a experimentar lo que era la paz, el amor y el gozo de Hashem; sentía bonanza dentro de mi ser, mi alma rebosaba de su presencia. Amén.

A la medida que me daba en oración y búsqueda en su presencia, crecía mi amor y mi pasión por Yahshúa, por su obra santa y divina. Cada día escudriñaba más las Sagradas Escrituras, aprendiendo más de Su Palabra. A la medida que su Ruaj iba moldeando mi forma de pensar, de hablar y de ver las cosas, estaba siendo transformada en una nueva criatura en espíritu, alma y cuerpo.

Proceso de purificación

En este tiempo comencé a entrar en unos procesos muy fuertes de sanidad y liberación. Comencé a sentir dolor mientras oraba, sentía que arrancaban mis órganos internos, pero realmente era Hashem, arrancando el pecado, la inmundicia y la iniquidad. El Elohim estaba operando mi alma, sanando mis heridas, arrancando la amargura, llevándose el dolor del alma, poniendo un corazón nuevo y renovando un espíritu recto y noble dentro de mí. El proceso era fuerte, eran dolores de parto y de muerte. Pero allí estaba yo, resistiendo a toda prueba de purificación, por amor a Él. *"Para que sometida a prueba nuestra fe, mucho más preciosa que el oro, el cual, aunque perecedero se prueba con fuego, sea la palabra hallada en alabanza, gloria y honra cuando se ha manifestado Jesucristo." 1 Pedro 1:7*

Postrada en su presencia con dolor en mi alma me encontraba. El dolor en mi corazón era tan fuerte que yo jadeaba. Mis lágrimas no se detenían; entre sollozos y voz quebrantada le pregunté al Shaddai qué me estaba sucediendo. Seguido tuve una visión: "Vi su mano cerrada como un puño y unas gotas caían de Su mano. Y le pregunté qué era eso; y me respondió: "Es tu corazón que está infectado y de él salen gotas de pus (infección)". Mientras Él me hablaba, yo seguía en el suelo con mucho dolor en mi pecho. Ese día no pude caminar pues me sentía como si me hubieran operado físicamente el corazón. Días después El Shaddai me puso un limpio y puro corazón. Entiéndase que era un proceso espiritual. **¡Aleluya!**

Así son los procesos de purificación en el horno de fuego del Ruaj. Son procesos donde vas a ser confrontado, quebrantado, impactado por el poder de Su Gloria. Solo si le amas, serás capaz de soportar el proceso de la perfección y santificación que conlleva mucho dolor, pero es necesario para traer la sanidad y la restauración. Es una manera de tomar tu cruz cada día para ir en pos de Él. Seguir los pasos de Yahshúa te llevará a la cruz del calvario para que allí seas crucificado juntamente con El. Tu naturaleza humana y pecaminosa debe morir; si no hay muerte al yo, no hay resurrección.

Viendo con Amor

El amor ve más allá de lo visible, puede ver en medio de la oscuridad y también más allá de las circunstancias. El amor ve lo posible cuando todo parece imposible. El amor ve más allá de los defectos. Puede ver las cualidades que aún no han florecido. El amor es el camino, cuando todos se han detenido. El amor es ese que sabe cuándo callar para no ofender. El amor es capaz de escuchar palabras que nunca se han dicho, el amor ve colores donde no existían alguno, el amor puede llegar a profundidades que nadie jamás haya llegado, el amor escudriña lo más profundo de tu ser, él es capaz de ver, oír, sentir lo que aún no se ha manifestado, porque el amor es el vínculo perfecto de todas las cosas.

Características del Amor

El amor permanece vivo cuando todo lo demás va muriendo, porque el amor es eterno, es imperecedero, inmortal, inconmovible, el amor es muy profundo. El amor es invencible, indestructible e irresistible. El amor es fuerte y delicado a la vez, grande, alto y maravilloso. El amor es dulce y apasionado, todo lo cree y todo lo espera. El todo lo transforma con amor y sutileza. El amor es ese soplo de vida y la perfección de la creación. El amor no conoce fronteras, el derriba toda muralla. El amor es fuerte para golpear todo aquello que viene para destruir, resiste la tempestad. El amor no conoce de tiempo ni espacio, él es el Kairós de Yahshúa, es infinito.

El amor te sorprende tocando suavemente a tu puerta y te dice; déjame entrar amada mía, perfecta mía. El amor te mira y te habla con su tierna mirada, el a veces se esconde y parece que no está, pero en silencio te ve y te cubre bajo su manto de protección. Él te contempla con su mirada y te habla con el corazón. Su amor es esa mirada sobre ti cuando duermes y ni cuenta te das, de que él tiene su mirada sobre ti. Yashua te acaricia con la brisa; en las noches oscuras te alumbra con la luna y con sus estrellas te llena de ternura.

Su amor va dando forma y honra a nuestras vasijas de barro. Así somos nosotros en las manos de nuestro amado Creador y Alfarero. Él nos va perfeccionando y dándonos forma para cada día ser más como Él. En un momento mientras oraba, Elohim me reveló esto: *"Mi paz trae descanso, mi gozo es tu fortaleza, mi verdad te sostiene, mi sangre te salva y te limpia; mi perdón te justifica y mi amor te cubre."* ¡Gloria a Dios por su infinito amor!

El Amor del Ruaj Hakodesh

El Ruaj Hakodesh, te enseña amar, porque sin Él es imposible que logres amar por tus propias fuerzas. Ya mencionamos que el amor no es solo un sentimiento en el hombre o en la mujer; más bien el amor es alguien que habita en ti y que te enseña amar, transformando tu forma de ser, pensar y sentir.

El hombre esta creado para amar y para adorar al Rey de Gloria. Nuestro espíritu y alma cambian al toque su Majestad. Él nos santifica, nos hace reverdecer, renueva nuestra alma y la sumerge en el río de Su Espíritu. Sin la hermosa presencia del Ruaj Hakodesh el hombre se corrompe, se destruye a sí mismo, destruye al prójimo y su creación. El Ruaj Hakodesh es el que pone el querer como el hacer por su buena voluntad.

"Porque Dios es el que en vosotros produce así el querer como el hacer por su buena voluntad." Filipenses 2:13

El Shaddai pondrá en ti el deseo de amar y perdonar. El provoca el deseo de adorar y nos ayuda en nuestras oraciones para poder llegar a la presencia de Hashem.

La voluntad perfecta de Hashem comienza en que nos amemos los unos a los otros, seamos llenos y plenos en la excelencia del amor ágape. El amor te lleva a vivir en paz y te enseña a perdonar. Te hace libre por medio del conocimiento de su Palabra. Su amor te hará fuerte y libre ¡Aleluya!

No contristéis el Ruaj Hakodesh de Hashem

No contristéis el Ruaj Hakodesh de Hashem con el cual fuiste separado y sellado para el día de la redención. Buscando la definición de contristar, significa apagar, reprimir el fuego. El Ruaj Hakodesh es un fuego que debe morar en cada creyente. Él quiere expresarse así mismo en nuestras vidas y ser parte en nuestras vivencias. Cuando los creyentes no permiten que el Ruaj Hakodesh se manifieste en sus vidas, lo vamos reprimiendo. Cuando no obedecemos su voz, su consejo y dirección, comenzamos a detener el fluir de Él en nuestras vidas. El Ruaj Hakodesh es una persona (es la tercera persona de la Trinidad), por eso se puede contristar. Contristar al Ruaj Hakodesh de Hashem es estar en rebelión, en pecado, ya sea de pensamientos o de hechos. *Efesios 4:30* dice: *"Y no contristéis al Ruaj Hakodesh con el cual fuisteis sellados para el día de la redención."*

Hashem me habla por medio de su Ruaj Hakodesh, con una voz suave y dulce, como solo Él puede hacer. Su amor tierno me seduce, me derrite y llena todo mi ser. Cuando él viene a mí para hablarme con el susurro de su dulce voz que me envuelve en su melodía, con una hermosa canción, solo me dejo llevar por las corrientes de su río. Él vino a mí para hablarme misterios hermosos de su profundo amor.

Me dijo: *"Te voy a llevar a profundidades de mi amor"*. Escuchar esas palabras fue algo maravilloso para mí. Es ahí cuando comencé a escribir como recibiendo un dictado del cielo, las maravillas de su amor reveladas a mi espíritu. Aquello que yo no hubiese sido capaz de comprender, sino fuera por su hermoso Ruaj Hakodesh que nos enseña y nos revela el corazón del Padre; de su glorioso y santo amor.

Revelación de Su Palabra

Por mucho tiempo leí y estudié el capítulo de **1 Corintios 13** donde nos habla del amor. Pero no lo pude comprender hasta que su Ruaj me llevó a las profundidades de su amor. *"El amor es sufrido, es benigno; el amor no tiene envidia, el amor no es jactancioso, no se envanece; no hace nada indebido, no busca lo suyo, no se irrita, no guarda rencor, no se goza de la injusticia más se goza de la verdad. Todo lo sufre, todo lo cree, todo lo espera, todo lo soporta. El amor nunca deja de ser; pero las profecías se acabarán, y cesarán las lenguas y la ciencia acabarán.*

Porque en parte conocemos y en parte profetizamos; más cuando venga lo perfecto, entonces lo que es en parte se acabará, y ahora permanece la fe, la esperanza y el amor estos tres; pero el mayor de ellos es el amor." 1 Corintios 13:4-10,13

Aquí el Ruaj Hakodesh habla a mi vida enseñándome algo hermoso que estaba oculto ante mis ojos. El me habla sobre el amor y me dice: El amor no es un simple sentimiento, el amor no es una decisión como muchos creen, el amor es el Ruaj Hakodesh, él es el amor. ¿Cómo un sentimiento por sí mismo va a sufrir, o ser bueno, o no tener envidia? Todas las características y atributos del amor son de una persona. Toda amada mía, describe la esencia y la deidad de la persona del Ruaj Hakodesh. Mi Ruaj Hakodesh es el Amor. Él es lo sensible del corazón de Hashem, lo tierno, lo hermoso de lo que es Hashem mismo. El Ruaj Hakodesh es el corazón de Hashem, el sentir de él y lo profundo de su interior.

Nadie puede decir que ama sino tiene el Ruaj Hakodesh de Hashem en ellos. Mucha gente dice amar, sin embargo, lastiman, hieren, dañan, matan, sienten celos, envidias, cometen injusticias, son posesivos y egoístas. Pues nadie puede amar sino vienen a mí. Yo soy la fuente de amor. El Ruaj Hakodesh es el amor de Hashem dado a la humanidad. El hombre natural solo siente atracción, deseos carnales y sensaciones naturales, pero no puede amar con perfección. Nadie que no tenga mi Ruaj Hakodesh puede amar a plenitud. Yo soy El Amor.

Toda blasfemia es perdonada, menos la blasfemia contra mi Ruaj Hakodesh. *"Por tanto os digo: Todo pecado y blasfemia será perdonado a los hombres; más la blasfemia contra el Espíritu no les será perdonada. A cualquiera que dijere alguna palabra contra el Hijo del Hombre, le será perdonado; pero al que hable contra el Espíritu Santo, no le será perdonado, ni en este siglo ni en el venidero." S. Mateo12:31-32*

Hablar en contra del Ruaj Hakodesh, es hablar del amor santo y puro de Hashem, es herir su corazón, es menospreciar su esencia lo que Él es, su ternura y su sensibilidad. Es como decir, lo que tú hagas o digas en contra de todo te lo perdono. Pero no trates de dañar lo profundo de mi ser. No toques mi Ruaj Hakodesh, porque hasta ahí llegaste. Eso sí que no te lo voy a perdonar.

"Y no contristéis al Espíritu Santo de Dios, con el cual fuisteis sellados para el día de la redención." **Efesios 4:30**

Aquí nos habla de contristar al Ruaj Hakodesh. ¿Cómo pues podemos apagarlo o contristarlos? No es lo mismo contristar que blasfemar. Contristarlo es apagar, y reprimirlo...

He aquí algunos ejemplos para poder comprender lo que es contristar. Recordemos que Él es Santo y amoroso. Así que cuando la persona que ha sido sellada con el Ruaj Hakodesh decide pecar o ceder a la tentación, el Ruaj Hakodesh lo va a redargüir, le advierte, pero si la persona decide seguir pecando, Él comienza a sentirse triste, incómodo, rechazado, se va apagando ese fuego dentro de la persona sellada, hasta que él se va de la persona que decidió por su pecado y su inmundicia, antes que Su amor santo, puro y verdadero. La desobediencia es otra forma de contristarlo. Un ejemplo diferente de este tipo de pecado:

Su Ruaj Hakodesh te habla para que lleves un mensaje a otra persona; pero tú decides callarlo y no llevar el mensaje. El Ruaj Hakodesh de Hashem que habita en ti se entristece, pues a la persona no obedecer es como callarlo y no permitirle hablar y reprimirlo, no darle libertad para que el actué, se mueva y sea libre en ti.

"Porque el Señor es el Espíritu; y donde está el Espíritu del Señor, allí hay libertad." **2 Corintios 3:17**

Cuando una persona es sellada por el Ruaj Hakodesh, se le debe dar libertad, permitir que Él hable, le dirija, le corrija y siempre lo hará con amor porque Él es amor.

Cuando lo contristamos, lo entristecemos, ofendiendo su Ruaj Hakodesh. Es traicionarlo y hacerlo sentir que no le amamos. Él se contrista sino te arrepientes y te apartas del pecado, el queda triste y eso impide que sientas el gozo del Adonaí en ti y no se puede manifestar igual. La persona que tiene el Ruaj Hakodesh contristado, no puede fluir en la unción de Hashem ni en la revelación de Su Palabra.

Solo la iglesia de Hashem, los que le recibieron como salvador, los creyentes son los que podrían contristar el Ruaj Hakodesh con su desobediencia y/o pecado. Pues es con quien Él tiene koinonía, relación, es donde El habita. *¿O pensáis que la Escritura dice en vano: ¿El Espíritu* *que él ha hecho morar en nosotros nos anhela celosamente? Santiago 4:5*

Debemos tener en cuenta que el Ruaj de Hashem es tierno, es sensible, es dulce, es amoroso y se hiere fácilmente. Cuando él se manifestó en el día de pentecostés, apareció con gran estruendo y manifestación de gloria. Los que lo recibieron tenían sobre sus cabezas como llamas de fuego y comenzaron a hablar en nuevas lenguas (idiomas) las maravillas de Hashem de Elohim.

No obstante, cuando él se hiere y se entristece a causa del pecado de algo que se haya dicho o hecho, él te va a corregir y si no te arrepientes él se va apagando y se retira en silencio. Cuando vienes a darte cuenta de que él no está, es porque ya te sientes solo, triste, vacío, se te irá el gozo, la canción y la revelación. Es entonces que ya no puedes orar, ni adorar y vas perdiendo el deseo por las cosas del Reino. Es necesario que cuides tu salvación con temor y temblor; y ser sensible a la voz del Ruaj Hakodesh del Shaddai.

Capítulo VI

En la escuela del Ruaj

El Ruaj comienza a enseñarme misterios de su amor, hablando a mí interior y me dice: *"La palabra suave apacigua la ira, la sabiduría destruye la necedad, el perdón desarma al enemigo y lo hace huir. El amor vence al enemigo, estremece al infierno, el amor te llena de unción, poder y autoridad".* El amor te acerca a Dios y aleja a los demonios, pues las tinieblas no resisten la luz y el poder del amor. El plan de Satanás es que el ser humano se contamine en su corazón y no abra su corazón al amor puro Ágape de Elohim.

La fe viene por el oír, el oír la palabra de Yahveh. Porque al oír le vas a creer, conocer y le irás amando.

Aquel que logre amar habrá vencido. El amor derriba cualquier sentimiento de odio, rencor, dolor, maldad, pecado y mentira.

El Ruaj Hakodesh seguía hablando a mi interior, me hablaba cosas maravillosas que yo podía comprender. Me hablada con voz suave, dulce y amorosa. Me revelaba las grandezas de las profundidades de su amor. Me decía: *"Pedid amor hija mía y perdonar será tan fácil que no tendrás que esforzarte. Pedid, amor del Shaddai y verás los colores más hermosos del universo. Pedid, amor, y verás como todo sucederá; verás los milagros acontecer delante de ti, el surgir del perdón, sanidades manifestarse, verás la victoria a tu favor y a tus enemigos caer bajo tus pies. El amor te hará brillar; mi amor en ti te hará más fuerte. El amor te hará invencible."*

Profundizando en su Amor

Su Ruaj Hakodesh me habla susurrándome al oído, me decía cosas maravillosas que jamás había escuchado. El amor te hace más poderoso e invencible, el amor te hará más fuerte que el fuego, más resistente que el hierro, más trasparente que el agua, más intenso que el viento, más brillante que el sol, más llamativo que la luna. El amor te hace ver diferente, te hace valiente, te hace grande y atrae multitudes. Todos quieren amar y sentirse amados.

El Shaddai me hablaba y me decía: *"El amor es la esencia de lo que Yo Soy. Si me dejas sanarte vas a oler a Yahshúa Ha Mashíaj, vas a ver con los ojos del Ruaj. Te mostraré mis secretos, te daré las más grandes victorias, te daré el doble de lo que has pedido y de aquello que pierdas por venir en pos de mí."*

El Elohim seguía hablándome con fluidez a mi espíritu y enseñándome estos grandes misterios: *"Cuando mi amor entre en ti a plenitud, habrá un rompimiento en tu interior, será como una explosión rompiendo toda cadena, toda atadura, toda legión y toda maldición."* Me decía: *"Si logras amar y vencer este gran obstáculo del perdón; haré morada eterna en ti por medio de mi inmenso amor. Son pocos los que logran este vital y valioso mandamiento, el cual es la meta para los hijos de Dios."*

Amar debe ser hasta llegar a la estatura de Yahshúa Ha Mashíaj. *"hasta que todos lleguemos a la unidad de la fe y del conocimiento del Hijo de Dios, a un varón perfecto, a la medida de la estatura de la plenitud de Cristo;" Efesios 4:13*

"sino que, siguiendo la verdad en amor, crezcamos en todo en aquel que es la cabeza, esto es, Cristo, de quien todo el cuerpo, bien concertado y unido entre sí por todas las coyunturas que se ayudan mutuamente, según la actividad propia de cada miembro, recibe su crecimiento para ir edificándose en amor." Efesios 4:15-16

Profundidades del Amor Ágape

Más grande que el perdón es el amor, porque para creer en Hashem, tienes que amarle. Nadie confiará en quien no conoce y no puede haber perdón si no hay amor. El amor ágape es la esencia del Shaddai, capaz de derribar cualquier barrera. El que cree, todo le es posible, pero nadie puede creer sino ama primero al Shaddai.

Me encontraba en un proceso difícil de mi vida, donde tenía que perdonar para poder sanar y continuar el destino profético de Hashem para mi vida. Descubrí que en mi corazón había una gran herida infectada, la cual había creado una profunda raíz de amargura, coraje, falta de perdón y otros sentimientos negativos que estaban dañando mi salud y mi relación con Yahshúa. Así que decidí comenzar mi proceso de sanidad interior para perdonar a un familiar que me había causado mucho dolor.

Fue entonces cuando El Shaddai puso en mi camino a una profetisa de Argentina la cual Hashem usó para comenzar a guiarme al proceso de sanidad interior; más yo no lograba perdonar. En mi segundo proceso sentí que comencé a ser libre de ese mal sentimiento, pero aun así me dolía mi corazón y más que dolor, sentía coraje hacia ese familiar. Fueron muchos años de maltrato, abuso, envidia, difamación, calumnias, burlas y rechazos. Me preguntaba: ¿Se supone que yo la perdone? "Ella fue quien me maltrató, ella es la que me debe pedir perdón;" comentaba yo dentro de mí y más coraje sentía. Sentía frustración. ¿Cómo sacarme todo este dolor y coraje que sentía mi alma? Pero ya Hashem había comenzado a trabajar en mi corazón. Mi amado Hashem tenía un plan perfecto para mí. Él sabía cómo sanarme con su dulce y tierno amor.

Me dejé llevar por el río del Ruaj y me entregué por completo en mi proceso. Yo sabía y comprendía que tenía que ser sanada, procesada y obtener mi libertad plena para continuar en su propósito.

A solas con el Ruaj Hakodesh

"El Ruaj Hakodesh confrontó mi vida"

En mi habitación pensaba: ¿Cómo perdonar? Hablando con Hashem en mi corazón, justificándome ante El, comienza el Ruaj Hakodesh a confrontarme.

El Ruaj me habla a mi corazón y me dice: *"Lourdes debes perdonar por amor, si me amas perdona".*

Yo dije: *"Adonai, amarte a ti es fácil, porque tú no me hieres, no me ofendes y no me has hecho nada. Pero ella me ofendió y lleva toda su vida tratándome mal."*

El Ruaj: *"Lourdes tú también fallaste, también pecaste y merecías condenación y muerte. Pero yo por amor, vine a morir por ti, mi amor te cubrió, te perdonó y te sanó. ¿Cómo dices que me amas sino perdonas a tu hermana? Entonces el amor de Hashem no está en ti y eres mentirosa. Porque el amor es perdonador, el amor es la esencia de lo que yo soy."*

Cuando Hashem me confrontó así, mi corazón se quebrantó e irrumpí en llanto. Sentía un dolor muy grande dentro de mí. Sentí vergüenza delante de mí amado. Ya no tenía más excusas, él me desarmó con su verdad y amor.

Allí postrada le pedí perdón. Y recuerdo que le dije" "Yahshúa, enséñame amar porque yo no sé amar, no sé cómo perdonar. Enséñame amar como tú amas."

A partir de ese momento, comencé otro proceso de sanidad y liberación por medio del perdón. Era una enseñanza de aprender amar y el amor me llevaría al perdón. Cada proceso era doloroso, era un nuevo desierto de fuego purificador. Recuerdo mis noches de llanto, quebranto y aún gritos de dolor y desesperación que salían de mi alma. Aprender amar como el Shaddai, te va a llevar a un proceso de muerte al yo, a un quebranto literal, será un precio de lágrimas y de sufrimiento donde todo en ti será quebrantado.

La Plenitud de mi Amor

"El Ruaj Hakodesh revelándome el propósito de Yahshúa en la tierra"

Yahshúa, no vino a la tierra porque él era el Hijo de Hashem, tampoco porque tuviera el poder para manifestar su gloria. Yahshúa vino por amor a la humanidad y el sacrificio de su amor lo llevó a morir por la humanidad. Vivió en la tierra para darnos una enseñanza de amor, perdón, y misericordia. *"Porque de tal manera amó Dios al mundo que ha dado a su Hijo unigénito, para que todo*

aquel que en él cree, no se pierda, más tenga vida eterna."
S. Juan 3:16

El Ruaj Hakodesh hablaba a mi espíritu y me decía: *"Muchos pueden morir crucificados como murió Yahshúa, pero ninguna muerte tendrá el valor que tuvo la muerte del Hijo de Hashem. Porque no se trata de morir, sino del sacrificio perfecto, porque el amor es perfecto solo en Él. Su amor pudo perdonar aún a los que lo herían, maldecían, destruían su rostro y su cuerpo. El resistió todo aquel sufrimiento porque el amor del Abba y la llenura del Ruaj Hakodesh eran pleno en Él. El amor lo cubría y le daba fuerzas aun en su debilidad humana para mirarnos con amor y misericordia".*

Amar hasta la muerte trae vida eterna, porque el que ama nunca muere, el amor de Yahshúa venció la muerte, venció el dolor, nos trajo vida eterna por medio de su muerte porque Yahshúa resucitó al tercer día. *"Le dijo Jesús: Yo soy la resurrección y la vida; el que cree en mí, aunque esté muerto vivirá. Y todo aquel que vive en mí y cree en mí no morirá eternamente."* **S. Juan 11:25-26**

Satanás trató de dañar el plan divino del Hijo de Hashem con su odio, traición, falsos testigos, persecución etc. Porque si lograba dañar el amor que había en Yahshúa, lo debilitaría, abriría una grieta para contaminarlo, destruirlo y dañar el propósito de Yahshúa en la Tierra.

"Este es mi mandamiento: Que os améis unos a otros, como yo os he amado. Nadie tiene mayor amor que este, que uno ponga su vida por sus amigos." **S. Juan 15:12-1**

Tiempo de Sanar

En el proceso de mi sanidad, donde Hashem me estaba guiando hacia un nuevo proceso de rompimiento y restauración, pude sentir y escuchar la voz de su Ruaj Hakodesh, hablando dentro de mí, la cual no tuve la mínima duda que era el sonido de su dulce voz, susurrando a mi espíritu para traer luz y sanidad a mi alma; junto con el conocimiento de esta gran verdad que hoy les comparto.

El Shaddai quería enseñarme algo más allá que el solo perdonar y amar, sino que además quería depositar en mí el conocimiento de lo que provoca el amor en nuestro interior y la importancia del poder alcanzar este proceso en victoria, guiados por su Ruaj Hakodesh.

Su Ruaj me decía: "El amor es la esencia de lo que Yo soy. Si me dejas sanarte, vas a oler a Yahshúa, vas a ver con los ojos de mi Ruaj. Te mostraré secretos que tú no conoces, cosas grandes y ocultas reveladas a mis hijos, esto es a los que me aman en espíritu y verdad. El amor te dará acceso a lugares no conocidos donde nunca pensaste llegar.

"Antes bien, como está escrito: Cosa que ojo no vio, ni oído oyó, Ni han subido en corazón de hombre, Son las que Dios ha preparado para los que le aman". **1Corintios 2:9**

Perfecciónate en el amor

"Su Ruaj me habla sobre el poder sobrenatural del amor"

Me decía: "Sana y serás más fuerte que el diablo, sana y vencerás todo obstáculo, sana y no habrá en ti puertas abiertas para el enemigo. Ama y no darás lugar al diablo para que te destruya y dañe tu corazón, robándote así tu herencia celestial. Todo lo que no provenga de mí, dará lugar al enemigo. El odio es del diablo, el coraje duradero trae amargura y malos sentimientos; y el pecado engendra pecado. Como dice en la Palabra de Dios, en el libro de *Santiago 1:15*: *"Entonces la concupiscencia, después que ha concebido, da a luz el pecado; y el pecado, siendo consumado, da a luz la muerte"*.

"Sed pues, imitadores de Dios como hijos amados; Y andad en amor, como también Cristo nos amó, y se entregó así mismo por nosotros, ofrenda y sacrificio, a Dios en olor fragante". *Efesios 5:1-2*

El amor es autocurativo, es buen remedio al alma, con amor se vive mejor, sin amor mueres cada día. El amor debe comenzar dentro de ti recibiendo a Yahshúa en tu corazón. Yahshúa es la fuente de amor, sin esa fuente el alma se seca, pierde sentido y mueres lentamente día a día aún sin darte cuenta. Es como un veneno letal que contamina todo tu ser, espíritu, alma y cuerpo, llevándote a una muerte eterna.

Para experimentar la paz de Dios, tendrás que dejarlo entrar en tu corazón. Su paz te hará libre de toda ansiedad, tristeza, dolor y te hará confiar en Él. Tendrás la certeza y la convicción de que, con su amor, todo estará bien.

Existe un toque majestuoso y extraordinario en las manos poderosas de nuestro amado Elohim. Ante su toque divino, surgen maravillas de Su Reino. Su amor llega manifestando lo sobrenatural de Su Reino; los tesoros escondidos para su amada. Es como una lluvia refrescante y a la vez como el fuego que quema. Su amor es una antorcha encendida; Él te va alcanzando con su amor y ya no habrá tiempo para retroceder, ni para contender ante tanto amor sublime.

El que te vea, sabrá que tienes amores con Él, porque verán el sello del Ruaj Hakodesh en tu frente, las arras de Su Ruaj en ti. Su amor consume todo pecado, caerás postrado en adoración y quebranto ante la manifestación de Su Gloria. Irrumpirás en llanto ante la grandeza y dominio de su infinito y eterno amor.

Su amor te viste de realeza y gobierno; Él te creó para gobernar con Él en las alturas de Su Reino. Fue el soplo de su boca que nos dio vida. Hashem nos entretejió en el vientre de nuestra madre y puso su firma de autor en nuestras almas. Nos transfundió con su ADN en la cruz del calvario y ahora somo hechura suya, su poema de amor.

Génesis 1:26 "Entonces dijo Dios: Hagamos al hombre a nuestra imagen, conforme a nuestra semejanza; Y señoree en los peces del mar, en las aves de los cielos, en las bestias, en toda la tierra y en todo animal que se arrastra sobre la tierra. Y creó Dios al hombre a su imagen, a imagen de Dios los creó; varón y hembra los creó."

Cuando el Shaddai creo al hombre y a la mujer, dice Su Palabra que los creó conforme a su imagen; los creó con amor incluyendo el tener la capacidad de amar y vivir para siempre. Para que el hombre pudiera tener un corazón conforme al del Hashem; capaz de amar, reír, sentir gozo, tener paz, bondad, servicio, misericordia, ser manso y humilde, con la capacidad de vivir en santidad, perdonar y auto curarse con el amor, ya que como les he mencionado:

el amor es curativo, es medicina al alma, que ejerce una fuente de amor y bienestar, remedios de salud para el espíritu, alma y cuerpo.

No me dejes sola

Inspirada en su amor y envuelta en su presencia le hablaba yo al amado de mi alma. Y le decía entre susurros: Después de tanto buscarte, hoy te encuentro amado mío, después de tanto esperarte por fin llegas a mi encuentro, a llenar mi alma vacía.

Llegaste sin avisar, a cubrirme con tu amor, tanto que te deseé y tu amor me alcanzó. No imaginé este nuevo encuentro, tú entraste a mi habitación después de pedirte que me mostraras tu rostro, tu amor y tu gloria.

Tú eres manantial, agua de vida y cristalina, que sacian mi sed en esta sequía. *"Fuente de huertos, pozo de aguas vivas, que corren del Líbano."* *Cantares 4:15*

Hermoso y maravilloso es despertar cada mañana, para ir al encuentro del que ama mi alma. Postrarme en tu altar para proclamar tu grandeza, entre versos del amor y cánticos nuevos me elevo a tu presencia, allí me cubres con tu amor, me abrazas con tu misericordia, me vistes de santidad, solo tú me llenas de gozo, pues en tu presencia hay plenitud de gozo y delicias a tu diestra. Entre romances y alabanzas sale risa de mi alma; es que tú me llenas toda. ¡Oh! Él más amado, hermoso de todos los valientes.

Cómo callar nuestro amor

Tengo que gritárselo a todos, que Yahshúa es mi amado y que pronto nos casaremos. Anhelo con gran gozo ese día; entre tanto me preparo con acacia, óleo, mirra y ungiendo mi cabeza con aceite. Mis vestiduras ya preparo sin mancha y sin arruga, pues será un evento glorioso ante todo el Universo. Los ángeles serán testigo de nuestro amor eterno.

Será un día de gran regocijo, de esplendor y de gloria, cabalgaremos juntos por las nubes en tu hermoso caballo blanco. Así exhibirás a tu amada novia a las naciones. En aquel gran día glorioso me darás la corona de la vida eterna. Y allí estaremos por siempre con Él.

¡Aleluya al Rey de la Gloria!

Entonces vi el cielo abierto; y he aquí un caballo blanco, y el que lo montaba se llama Fiel y Verdadero, y con justicia juzga y pelea. Apocalipsis 19:11

Capítulo VII
Escuchando su voz

El me llama con cuerdas de amor, me atrapa con su brazo fuerte. Acaricia mis mejillas con su derecha y con su izquierda sostiene mi cabeza (vea Cantares 8:3). Su amor me hace más fuerte, me hace sentir segura. Me susurra al oído su amor y se deleita de tenerme. Me recuerda su alegría de haberme recuperado después de estar perdida, Él vino a mi rescate. Su boca se llena de risa, cuán grande es el amor de mi amado. No me reclama por mis traiciones; ni por mi pasado, solo se delita en amarme y de tenerme segura. Me dice: *"Ya no temas, mi amor es eterno e infinito. Espérame amada mía, hermosa mía, ya pronto regreso para tenerte junto a mí por toda la vida eterna."*

Haremos banquete en el cielo, la boda más grande y hermosa que jamás haya existido. Regreso de seguro a buscarte y a levantarte, para llevarte a mi palacio. Bodas celestiales allá arriba en las alturas. Rodeada de los ángeles y querubines. Todos ellos presenciando las bodas del Cordero, Príncipe de Paz, Él Rey de reyes y Señor de señores."

Apocalipsis 19:7,8 Gocémonos y alegrémonos y démosle gloria; porque han llegado las bodas del Cordero, y su esposa se ha preparado. Y a ella se le ha concedido que se vista de lino fino, limpio y resplandeciente; porque el lino fino es las acciones justas de los santos.

En el cielo no existe el fin, allí todo es eterno. En su reino no hay tristeza, ni dolor, no existe la enfermedad, ni la muerte.

Mi Amado me toma de su mano y me dice: *"En mi reino amada mía todo es perfecto y eterno"*. Su amor me desarma y me deja sin palabras. Su amor lo cubre todo, aún mis más grandes faltas. Me regala de sus joyas, de sus piedras preciosas y me viste de lino fino.

Los cimientos de la ciudad están adornados de piedras preciosas; Jaspe, Zafiro, Ágata, Esmeralda, Cornalina, Ónice, Crisólito, Berilo, Topacio, Crisoprasa, Jacinto, Amatista." **Apocalipsis 21:19.20**

Él me colma de bendiciones, sus regalos no se acaban. Me pide solo que lo ame y que aprenda a adorarlo. Su amor es inexplicable; va más allá de mi conocimiento, mi razón o imaginación. *"Y reposará sobre él el Espíritu de Jehová; espíritu de sabiduría y de inteligencia, espíritu de consejo y de poder, espíritu de conocimiento y de temor de Jehová." Isaías 11:2*

¿Cómo poder pagar tanto amor derramado sobre mí? Ese amor que me trajo vida y salvación. Su inmenso amor pagó un alto precio de honor, valentía, entrega, muerte y resurrección.

El susurro de mi amado me enamora

Han pasado dos semanas, a solas con mi amado en mi habitación, escuchando su voz dentro de mí, dictándome palabras de amor a mi corazón. Tanto amor me debilita, su ternura y su pasión; esa forma tierna de él, susurrar a mi corazón, sus versos de amor y darles melodía a sus palabras formando una hermosa y nueva canción.

Todo esto es demasiado maravilloso para mí, no puedo contenerme, me hace llorar y reír. Han sido noches de dolor y de quebranto. Noches de desvelo y de nuevas experiencias con el Ruaj de mi amado. He podido sentir su fuego que me quema, su frío que me hace temblar, su fuerza que me quebranta y me derriba, hasta sentir que se me va el aliento y que mi corazón se detiene. Mi carne lo anhela, más mi cuerpo no resiste el peso de Su kabod. ¡Si! Peso de gloria, su amor es el mayor nivel de Su Kabod. *"Dios, Dios mío eres tú. De madrugada te buscaré; Mi alma tiene sed de ti, mi carne te anhela, en tierra seca y árida donde no hay aguas, Para ver tu poder y tu gloria, Así como te he mirado en el santuario." Salmos 63:1-2*

He pasados días acostada donde mi cuerpo no responde a la orden de mi cerebro. Su amor sobre mí es como fuego que me purifica y santifica. *"Para que sometida a prueba vuestra fe, mucho más preciosa que el oro, el cual, aunque perecedero se prueba con fuego, sea hallada en alabanza, gloria y honra cuando sea manifestado Jesucristo." 1 Pedro 1:7*

Su amor es como viento suave que me acaricia y me envuelve en un descanso de paz y ternura. Es como el mar que golpea con sus olas, las fuertes rocas, derribando todo argumento, toda oposición y rebelión. Sentir que su amor me desnuda, quedando al descubierto ante su presencia, ya no escondo nada y tampoco me avergüenzo de que él me vea tal cual soy. *"Y no hay cosa creada que no sea manifiesta en su presencia; antes bien todas las cosas están desnudas y abiertas a los ojos de aquel a quien tenemos que dar cuenta." Hebreos 4:13*

No puedes ocultar tus defectos ante su presencia, se ven las heridas de tu vida y tu alma; más aun así puedes descansar en él; pues sabes que su amor no te rechaza, no te acusa y no te destruye. Él solo te ama y su amor te hace sentir segura. Él te cubre con su gracia, te llena de su amor infinito y te esconde bajo sus alas. Ya no sientes vergüenza alguna porque has comprendido que, junto a Él, estás protegida, amada, segura y te llena a plenitud.

Hoy puedo decir que jamás seré la misma. Conocer su amor ha transformado mi vida. Tras su voz corre mi alma. Ya no temo pisar sobre sus huellas, ya no temo caminar por lugares oscuros, pues Su Palabra es lámpara a mis pies y lumbrera a mi camino. Como dice la Palabra de Dios. *Salmos119:105*

Hoy puedo comprender mejor Las Sagradas Escrituras pues su eterno amor me revela las profundidades de la plenitud de su amor y sus tesoros escondidos. Ahora comprendo este texto que dice: *"Aunque ande en valle de sombra de muerte no temeré mal alguno porque tu estarás conmigo." Salmos 23:4*

Ahora puedo comprender que su amor está conmigo y que su amor es fiel y verdadero. Amor que nunca falla, amor del bueno, su amor es genuino y auténtico. No hay sombra de variación en él. *"Toda buena dádiva y todo don perfecto desciende de lo alto, del Padre de las luces, en el cual no hay mudanza, ni sombra de variación." Santiago 1:17*

Sentir su mirada que contempla toda mi alma y escudriña lo más profundo de mi ser, sacando lo oculto a la luz, no puedo ocultarle nada. Sus ojos de amor atalayan la tierra y también atalayan mi alma. Su mirada de amor atraviesa mis entrañas, y traspasa mis pensamientos. Su mirada me desarma y se caen todos los argumentos. Ante su presencia y santidad, nada puedo esconder.

Cuando siento su presencia, se van los temores, las inseguridades y las frustraciones. Ya no existen los pensamientos humanos. Todo pierde sentido y solo quieres estar en su presencia contemplando la hermosura de su santidad. Él es todo perfecto, aún su aliento es hermoso, sus caricias que te sanan el alma, sus besos que te provocan amarlo. Sus manos son como palmeras hermosas que rodean todo su ser. Su aliento es como oxígeno a mi alma enferma de amor y pasión por él. Todo Él es delicioso, no me canso de contemplarlo; lo deseo más que a mi vida. Él es el aire que respiro, el pan de mi alma, él es el agua de mi sequía. Me cubrió con su amor, con su sangre me limpió, y me vistió de santidad.

Cuando logras amarle, tu corazón está todo abierto y receptivo. Todas las puertas de tus habitaciones están abiertas para darle entrada a Yahshúa y que él llene cada área de tu vida y todo tu ser con su profundo Amor. Cuando él entra, se va la soledad, huye la depresión, todo lo que es con movible desaparece porque su amor es inconmovible. Todo lo perecedero muere, porque él es imperecedero, todo lo que es natural se marchita; porque él es sobrenatural. Toda oscuridad se disipa, porque él es luz en medio de las tinieblas. Toda mortandad resucita, porque él es vida. Cada área será llenada por el fruto de su Ruaj Hakodesh, cada habitación es adornada con excelencia, porque él pone sus detalles, sus colores, sus perfumes, su carácter y su deidad en ti. El adorna cada una de tus habitaciones con el gozo del Señor que es tu fortaleza. (vea Nehemías 8:10).

"Él te llena de sus riquezas en gloria, del fruto del Ruaj que son el amor, gozo, paz, paciencia, benignidad, bondad, fe, mansedumbre y templanza" (*vea Gálatas 5:22-23*).

Recuerdo un día, estando retirada con el Señor, comenzó a hablarme de su amor; me dijo que Él es el libro de los Cantares, dentro de él hay instrumentos por todo su cuerpo. Solo el que conoce el lenguaje del amor podrá hacer sonar y tocar esos instrumentos de amores y alabanzas. Son los instrumentos del amor, que los ángeles pueden tocar; son instrumentos de oro y de plata, muy escondidos dentro de Su ser. Es un tesoro muy guardado, que solo se alcanza al descubrir la llave del amor. Porque hay puertas que solo podrás abrir y entrar con la llave del amor.

El libro de los Cantares es un libro de versos y poemas, de amor entre el rey Salomón y la Sulamita; amores de pasión y seducción, un amor que te lleva a las profundidades de hacerte uno con el ser que amas. Es la perfección del amor entre un hombre y una mujer, perfecta creación del amor de Dios en la unidad del matrimonio, donde dos seres se convierten en uno, fundidos en un mismo espíritu, alma y cuerpo. Así es el amor de Yahshúa con su amada Iglesia. Un amor donde no existe el tiempo Crono y te pierdes en la dimensión del Kairós de Dios, donde nada existe solo el amor perfecto que lo llena todo. Es un amor que lleva a lo infinito, te seduce a estar en su presencia a contemplar su mirada y escuchar cada latido de su corazón. Allí donde todo es perfecto, no existe la maldad, allí te olvidas de ti mismo y solo lo anhelas a Él. Allí habla la sabiduría, el consejo y la inteligencia; es donde conoces su poder, su gracia y benevolencia que te revela sus secretos guardados para su amada.

Su cuidado y protección

Cuando logras conocer el amor de tu amado Yahshúa, ya no temerás. Sabes que su amor es muy grande y poderoso; Él es el Rey de la gloria, grande en poder y misericordia. El que se levanta a pelear por ti cada mañana. Elohim ama tu alma y su amor es escudo alrededor de ti. *"Jehová es mi fortaleza y mi escudo; En el confió mi corazón y fui ayudado; Por lo que se gozó mi corazón, Y con mi cántico te alabaré, Jehová es la fortaleza de su pueblo, y el refugio salvador de su ungido." Salmos 28:7-8*

Sintiendo su amor

Cuando comienzas a sentir el amor de Hashem, verás cosas que antes no podías ver, cosas que solo se ven con los ojos del corazón llenos de amor. Puedes amar de forma diferente, santa pura y perfecta, sin orgullo, sin egoísmo y sin reclamos. Solo das y fluyes en el mover del río de su amor. Al amar podrás escuchar los latidos del corazón de Hashem, susurrando en tu interior. Es de ahí que surge un cántico nuevo, poesías de amor para tu creador que fluyen como río, envuelto en el sonido del viento que te habla y te dice cuanto él te ama.

Con su brisa fresca y cálida te envuelve en el cántico de las aves que anuncian su grandeza y la delicadeza de su amor en cada flor de seda. Toda su creación cuenta su gloria; la gloria de su amor a la máxima potencia. El bramido del mar anuncia su fuerza, el viento sus caricias, el sonido de las cascadas al caer, revelan su risa, los truenos son como su voz fuerte con estruendo.

Toda la creación habla de su grandeza y de su soberanía, sus gustos y sus amores en todo lo que él hace, envuelto en su gracia y mil razones. Todo tiene un propósito y nada es en vano. Todo revela su amor y cuidado; la creación habla de su gracia y de su infinito amor y poder. Todo lo creó perfecto con el poder de Su Palabra. Amén.

Él crea variedad de colores todos nuevos cada mañana, él pone el arco iris en el cielo, recordando su promesa de pacto y amor por la humanidad. Su amor es creativo, él hizo las galaxias, la luna, el sol y las estrellas; y a cada una las llama por su nombre. Toda su creación es maravillosa, son nuevas cada mañana, amarle es un deleite; él está lleno de sorpresas, para bendecir a todo aquel que le ama.

Deseando ver su gloria.

Mientras oraba le pedía a Hashem, ver su gloria. Grande era mi desesperación por una experiencia sobrenatural. Pasaba el tiempo y sentía que nada sucedía. En mi anhelo por algo glorioso lloraba en espera de que algo sucedería. Llegue a cuestionar a Dios, diciéndole: ¿Por qué no me muestras tu gloria? De madruga me levantaba para buscar su presencia, entre clamor y sollozos le imploraba por ver su gloria de manera sobrenatural.

Fue entonces cuando el Ruaj Hakodesh habla mi espíritu; y me dijo: **"No hay mayor gloria, que mi amor"**. Fue allí donde comprendí que su amor es la mayor manifestación de su Kabod y que no podemos ver gloria sino amamos. El amor es el camino a su gloria.

Queremos ver su gloria, pero no hay mayor gloria que su amor. Esa es la gloria que él quiere que el mundo porte y transfiera; la esencia de la plenitud de su amor.

1. Amarás al Señor tu Dios con todo tu corazón, y con toda tu alma, y con toda tu mente. Amarás a tu prójimo como a ti mismo. **Mateo 22:37-39**

2. Tener conocimiento sin amor - mata "porque la letra mata, más el espíritu vivifica." **2Corintios 3:6c**

3. La sabiduría sin amor - destruye "El principio de la sabiduría es el temor a Jehová" **Proverbios 1:7**

4. El poder sin amor - abusa, destruye y derriba. "La muerte y la vida están en poder de la lengua, Y el que la ama comerá de sus frutos." **Proverbios 18:21**

"Porque de tal manera amó Dios al mundo, que ha dado a su Hijo unigénito, para que todo aquel que en él cree, no se pierda más tenga vida eterna." **S. Juan 3:16**

Así de profundo es su amor, que prefirió morir él para traernos redención, salvación y vida eterna. A través de su crucifixión, podemos conocer las profundidades de la plenitud de su amor. Su entrega fue plena, completa, de la cabeza hasta los pies. Su amor lo llevó a morir voluntariamente, aun siendo nosotros pecadores y malos. Su amor sobrepasó todo obstáculo. El amor siempre vence es irresistible, es fuerte y valiente.

Conclusión

A través de este encuentro con mi amado Yahshúa, pude descubrir *Las Profundidades de la Plenitud de su Amor*. Son tan profundas que siempre estarás aprendiendo más de su inmenso amor. Todo nos habla de Él, el viento, las olas del mar, la brisa, toda la naturaleza esconde secretos de su inmenso e infinito amor. Así que llegamos a la conclusión de que Él es Omnipresente, Omnisciente, Omnipotente, el amor es sensible como para sufrir y tan fuerte para vencer. El amor es perfecto, el amor es la esencia de Hashem, porque Elohim es Amor y en Él es que se encuentran escondidas las profundidades de la plenitud de Su Amor Agape.

El conocimiento del amor de Yahshúa a la luz de las Sagradas Escrituras es de vital importancia para ser sumergirnos en las profundidades de la plenitud de Su amor. El amor de Hashem, es algo que transciende nuestro conocimiento natural, son riquezas de su gloria, que solo podemos experimentar y alcanzar a través del Ruaj Hakodesh.

A medida que vayamos sumergiéndonos en las profundidades del río de su Ruaj, nuestros sentidos espirituales se irán agudizando y alineando al propósito divino y eterno de Hashem. En este libro podrán descubrir revelaciones hermosas que Adonai me mostró y me habló en procesos donde entré en un éxtasis de conexión divina, para poder recibir, comprender y escribir lo que el Eterno quería mostrarme, para que yo sea un canal de bendición e instrumento de su gloria y así llevar este mensaje a la humanidad.

Esta revelación divina tocará tu vida y va a sensibilizar tu espíritu, provocándote un anhelo y un fuego de amor y pasión por conocer más de su presencia y así anhelar sumergirte en *Las Profundidades de la Plenitud de su Amor* donde solo serás guiado por el Ruaj Hakodesh de Hashem.

Made in the USA
Middletown, DE
18 September 2021

48456812R00070